# 赶考

## 西柏坡的历史回响

GANKAO

XIBAIPO DE LISHI HUIXIANG

李春雷◎著

江西高校出版社

## 图书在版编目(CIP)数据

赶考：西柏坡的历史回响/李春雷著. -- 南昌：江西高校出版社，2021.10(2023.6重印)

ISBN 978-7-5762-1911-1

Ⅰ.①赶… Ⅱ.①李… Ⅲ.①报告文学—中国—当代Ⅳ.①I25

中国版本图书馆CIP数据核字(2021)第164062号

| | |
|---|---|
| 出版发行 | 江西高校出版社 |
| 社　　址 | 江西省南昌市洪都北大道96号 |
| 总编室电话 | (0791)88504319 |
| 销售电话 | (0791)88517295 |
| 网　　址 | www.juacp.com |
| 印　　刷 | 河北京平诚乾印刷有限公司 |
| 经　　销 | 全国新华书店 |
| 开　　本 | 890 mm×1240 mm　1/32 |
| 印　　张 | 4.875 |
| 字　　数 | 93千字 |
| 版　　次 | 2021年10月第1版 |
| 印　　次 | 2023年6月第4次印刷 |
| 书　　号 | ISBN 978-7-5762-1911-1 |
| 定　　价 | 32.00元 |

赣版权登字-07-2021-1094

版权所有　侵权必究

图书若有印装问题，请随时向本社印制部(0791-88513257)退换

## 写在前面 ▶▶▶

审视历史的长河，人们会看到这样的情况：一些不起眼的小地方却承载着决定一国命运的重大事件，如嘉兴南湖的一条小船、贵州遵义的一栋小楼，还有这本书中记载的河北平山的一个不足百户人家的小村庄——西柏坡。

小船、小楼、小村，各自承载着决定中国历史走向的大事件：

小船上诞生了中国共产党，这是一件开天辟地的大事。

小楼里决定了结束"左"倾错误路线在党中央的领导，甩掉"洋拐杖"走自己的路，确立以毛泽东同志为主要代表的马克思主义正确路线在中共中央的领导地位，从而在极其危急的情况下挽救了党，挽救了红军，挽救了中国革命，标志着中国共产党的成熟。

小村庄里承载的大事件比较多：

在这里，毛泽东和他的战友们运筹于帷幄之中，决胜于千里之外，指挥了决定中国命运、让世界震惊的辽沈、淮海、平津"三大战役"。

在这里，召开了中国共产党的七届二中全会，决定将党的工作重心从农村转向城市；酝酿召开政治协商会议和成立民主联合政府，描绘着新中国的宏伟蓝图。

在这里，毛泽东在七届二中全会上向全党发出了一个前瞻性的告诫："夺取全国胜利，这只是万里长征走完了第一步。……中国的革命是伟大的，但革命以后的路程更长，工作更伟大，更艰苦。这一点就必须向党内讲明白，务必使同志们继续地保持谦虚、谨慎、不骄、不躁的作风，务必使同志们继续地保持艰苦奋斗的作风。"

还是在这里，中央机关启程前往北京谋划开国大事。临行前，毛泽东意味深长地说：今天是进京的日子，进京赶考去。……我们决不当李自成，我们都希望考个好成绩。

时间过去了70多年，战争的硝烟早已散去，当年绘就的蓝图正一一实现，新中国已经屹立在世界的东方。当西柏坡慢慢淡出人们的视野时，一个当年从那里发出的声音却顽强地穿越

## 写在前面

时空，不断撞击人们的耳膜，令人感到振聋发聩。这个声音是毛泽东发出的，内容就是"两个务必"和"赶考"。经过岁月的沉淀，小村庄留下了意义深远的中国共产党如何长期执政的历史命题。这是党在历史的转折关头，面对新形势做出的具有划时代意义的战略预见。

回眸这段历史，毛泽东关于"两个务必"和"赶考"的声音是一个具有警示性的预见。这个预见出自一个政治家的远见卓识，这个警示并没有由于时间的久远而淡化，反而被现实证明显得越来越重要。

新中国成立不久发生的"刘青山、张子善案"，是首个证明毛泽东发出的警示并不是过分担忧的典型案例。"因为胜利，党内的骄傲情绪，以功臣自居的情绪，停顿起来不求进步的情绪，贪图享乐不愿再过艰苦生活的情绪，可能生长。""可能有这样一些共产党人，他们是不曾被拿枪的敌人征服过的，他们在这些敌人面前不愧英雄的称号；但是经不起人们用糖衣裹着的炮弹的攻击，他们在糖弹面前要打败仗。我们必须预防这种情况。"剖析这些昔日功臣在糖弹面前打败仗的原因，不外乎"骄傲情绪""以功臣自居""不求进步""贪图享乐"这些因素。

和平时期有可能产生腐败和产生腐败的原因，毛泽东的预见和分析都很准确。

毛泽东的预见是有根据的，并非空穴来风或出自想象。这些根据来自以往中国革命实践过程中已经发生的案例，来自民主人士的担忧和善意提醒，来自史学家对明亡和大顺国迅速覆亡原因的深刻剖析。这些案例、担忧、政息人亡等综合信息的积淀，让毛泽东发出了历史性的警示。

毛泽东警示中概括的那些现象不仅中国有，外国也同样有。20世纪80年代末90年代初苏联和东欧的剧变，也同样证明了毛泽东预见的前瞻性。世界上第一个社会主义国家苏联，经过70多年的经济建设，已经成为世界强国，在第二次世界大战中战胜了不可一世的德国法西斯，最后却在和平时代亡于自身的迷茫、懈怠、颓废、腐败。这个教训不可谓不惨痛深刻。

当历史进入新的历史时期时，我们面临的情况更为严峻。经过40多年的改革开放，中国的对外窗口打开，经济社会迅速发展，生产力水平快速提高，市场物资极为丰富，人民生活水平不断提高，经济总量已进入强国行列。在这种大背景下，毛泽东当年在西柏坡警示中提到的种种问题大面积出现，已经危及党和国家的生死存亡了。历史和苏东的教训就在前面不远，这不能不让人警醒。面对历史和苏东的惨痛教训，习近平总书记有过一段意味深长、令人深省的话："我们国家无论在体制、制度上，还是所走的道路和今天所面临的前所未有的境遇，都与前苏联有着相似或者相近乃至相同的地方。弄好了，能走出一片艳阳天；弄不好，苏共的昨天就是我们的明天！"因此，他在十八届中央纪委三次全会上进一步强调：坚决反对腐败，防止党在长期执政条件下腐化变质，是我们必须抓好的重大政治任务。

70多年过去了，西柏坡已成为爱国主义教育基地，每天接待着来自四面八方的参观者。2013年7月，习近平总书记又一次来到西柏坡，他在座谈会上说：毛泽东同志当年在西柏坡提出"两个务必"，包含着对我国几千年历史治乱规律的深刻借鉴，包含着对我们党艰苦卓绝奋斗历程的深刻总结，包含着对胜利了的政党永葆先进性和纯洁性、对即将诞生的人民政权实现长治久安的深刻忧思，包含着对我们党坚持全心全意为人民服务根本宗旨的深刻认识，思想意义和历史意义十分深远。全党同志要不断学习领会"两个务必"的深邃思想，始终做到谦虚谨慎、艰苦奋斗、实事求是、一心为民，继续把人民对我们党的"考试"、把我们党正在经受和将要经受各种考验的"考试"考好，使我们的党永远不变质、我们的红色江山永远不变色。他满怀深情地说："西柏坡我来过多次，每次都怀着崇敬之心来，带着许多思考走。对我们共产党人来说，中国革命历史是最好的营养剂。"

毛泽东当年在西柏坡发出的警示给人们的启示是深刻的，影响是深远的。

在理论上，在西柏坡召开的七届二中全会上，毛泽东向全党提出的"两个务必"，也是对1945年延安"窑洞对"的进一步思考和升华；一人，一家，一团体，一地方，乃至一国，都会出现"其兴也浡焉，其亡也忽焉"的周期性历史规律，而代表中国最广大人民群众利益的中国共产党，必须找到打破这个"周期率"的有效方法。毛泽东等老一辈领袖找到的方法就是人民民主，"只有让人民起来监督政府，政府才不敢松懈。只有人人起来负责，才不会人亡政息"。这个创新理论的提出，丰富了马克思主义理论中国化的内容，为中国共产党的长期执政提供了理论依据。

在实践上，西柏坡的警示不断地提醒着人们，作为执政党，为人民服务的精神时刻不能懈怠，应当根据时代发展和国内国际的风云变幻，不断加强自身建设，找到拒腐防变的有效方法，制定有效措施，营造风清气正的党风和社会风气，永葆党的先进性，以党的长期执政实践来打破"周期率"。这是一个执政党长期的课题。

当年在西柏坡发生的事情已经静静地进入历史，唯有毛泽东在这里发出的警示声犹如洪钟长鸣穿越历史的长河形成巨大的回响。每一个对历史、对未来有责任担当的人，都应当经常用心倾听这个来自西柏坡的回响。

这是西柏坡留给世人最宝贵的财富。

# 赶考
### 西柏坡的历史回响

# 目 录

**001　引　言**

**007　千年一凝眸**
其实,历史的脚步选择在西柏坡驻留,是一次必然中的偶然,也是一次偶然中的必然。

**015　耕者有其田**
其实,农民们并不在乎头顶上的"天",那些空空荡荡的蔚蓝和明朗,都是文人的浪漫和梦想。他们最在乎的是"地"——脚底下实实在在的黑土地、黄土地或红土地。

**027　水东流**
各解放区轰轰烈烈进行土改的同时,转战陕北的毛泽东、周恩来一行,却在生存与毁灭的缝隙间苦苦地攀爬着,坚守着,运筹着……

**033　梨花小院**
山风爽爽的,吹拂着小院里昏黄的灯火。火焰熊熊地燃烧,虽然摇摇晃晃,却也脚跟稳定,把一座简陋的土舍映照得流光溢彩,蓬荜生辉!

**049　最魅力**
在中国广袤的土地上,一场带来社会大变革的运动正在解放区轰轰烈烈地开展——土地改革。

**059　战争与命运**
电台架起来,天线颤颤地伸出去,隐形的密电码像风一样,越过千山万水,倏地便飞向了遥远……

## CONTENTS

**075 鱼儿与水**

梦里，小鱼们成了龙，成了凤，飞上了天，娶了嫦娥，坐了天庭，生下了龙子……

鱼是水的主人？水是鱼的主人？

互为主人，密不可分！

**085 雏 形**

山民们在这一盏盏小灯笼的光亮下，开始了秋收。金黄色的玉米、金黄色的小米、金黄色的柿子、金黄色的核桃、金黄色的土豆……

**103 "两个务必"**

现在，此刻，在西柏坡，在七届二中全会上，历史和现实的经验和教训，如烟雾蒸蒸，在眼前翻腾，似雷鸣滚滚，在心头炸响。

**123 新中国从这里走来**

历史似乎是在按照设定的程序悄然运行，就像这大自然，从冬天悄无声息地就过渡到了春天，竟然没有一丝痕迹。似乎只在转眼之间，河醒了，树绿了，花开了……

**129 永远的赶考**

马蹄声远，辉煌影近。

青春的中国共产党，就像一个进京赶考的青衿学子，背着行囊，黎明起身，踏着曙色，匆忙赶路……

**139 参考文献**

西柏坡我来过多次,每次都怀着崇敬之心来,带着许多思考走。

当年党中央离开西柏坡时,毛泽东同志说是"进京赶考"。60多年过去了,我们取得了巨大进步,中国人民站起来了,富起来了,但我们面临的挑战和问题依然严峻复杂,应该说,党面临的"赶考"远未结束。

从实现"两个一百年"目标到实现中华民族伟大复兴的中国梦,我们正在征程中。"考试"仍在继续,所有领导干部和全体党员要继续把人民对我们党的"考试"、把我们党正在经受和将要经受各种考验的"考试"考好,努力交出优异的答卷。

——2013年7月习近平总书记在西柏坡调研时的讲话

人民,是永远的江山!
群众,是永恒的考官!
　　　——作者题记

2014年3月的一个周末，我又一次来到河北省平山县西柏坡村。

小村的南面，是群山环绕的岗南水库，一汪烟波浩渺的春水。岸边是一株株扁扁圆圆的柳树和杨树。满树的枝条已经泛青和软化，蠕动着密密麻麻的绿豆模样的鹅黄，远远望去，像是一片片缥缈的青烟。一群群精精灵灵的山雀、鹌鹑和斑鸠，在青烟袅袅间嬉闹着、追逐着，忽地又呼啸着冲向湖面，碎成了一粒粒细微的波影……

65年过去了，时间的背影，已经远逝。当年的西柏坡，早已沉睡在水库的底泥中，封存在历史的记忆里。

晚饭后，我独自围绕着小村散步。寂静的夜幕里，四野无声。山里的月亮白白胖胖、干干净净，像是一位儒雅的书生朋友，与我形影相随，谈话古今。

在旅游的喧嚣中忙碌一天的中央大院，终于安闲下来了，在月光下静静地蜷卧着，悄悄地闭上了眼，像是在沉睡，又像是在沉思。

我远远地端详着它，隐隐约约中，似乎又看到了那一盏盏朦朦胧胧的灯影，闻到了那一股股浓浓淡淡的花香，听到了那一阵阵窸窸窣窣的细语……

**赶考**
**西柏坡的历史回响**

# 引言

应该说,国共和谈破裂之后的1947年,是中共历史上极端危险的时期。

1946年6月26日,蒋介石悍然撕毁停战协议,调集国民党军队开始了对各大解放区的全面进攻。1947年3月,第一战区司令长官胡宗南指挥39个旅25万兵力,在100多架轰炸机的配合下,全力重点进攻中共的核心所在——陕甘宁边区,其气焰之汹汹,大有巨石击卵、饿虎扑鸡之势。而中共部署在延安周围的部队,不足3万人。一时间,黑云压城,岌岌可危,千钧一发。

3月14日,延安新华广播电台停播。中央军委紧急发布《关于边区各部队保卫延安的部署的命令》,要求必须在三十里

1949年3月23日,中共中央和解放军总部离开西柏坡赴京建国,图为毛泽东前往北京途中

铺、松树岭线以南地区阻敌十天至两个星期。但面对20倍于我的强敌,阻击部队最多只能坚持一个星期。

3月18日,又是一轮猛烈的飞机轰炸,窗户纸全部震裂了,爆炸的气浪涌进来,燃烧弹的油渍溅满了毛泽东居住的窑洞墙壁,斑斑点点。

当天下午,中共中央撤离经营了10多年的红色首府——延安。

虽然有不少专家强调和图书资料显示撤离的主动性和从容性,但也有大量史料记载胡宗南在窑洞里缴获了中央领导的日记本和私密用品等等。

其后的一年时间里,毛泽东率领着这个被西方媒体称之为

# 引 言

"一个800多人的国家"的中央领导机关的男女老幼，包括他的夫人江青，在美式装备的追杀下，辗转在陕北的枣林沟、小河村、王家湾、朱官寨、神泉堡、杨家沟一线，昼伏夜出，风餐露宿，其艰难困顿之状可想而知。

这是中共历史上又一次最危险、更艰难的长征！

3月底，中共中央在枣林沟召开紧急会议，决定：毛泽东、周恩来和任弼时等人在彭德怀部队的掩护下，留守陕北，但改名换姓，各取代号为李德胜、胡必成和史林等；而刘少奇、朱

▼
1947年，彭德怀在保卫
延安动员大会上做报告

德等人，则组成中央工作委员会，东渡黄河，向华北方面转移，担负中央委托之任务。随后，又决定由叶剑英、杨尚昆等率中央机关大部分工作人员，转移至山西省临县，组成中央后方工作委员会。

明眼人可以看出，分开的三路人马，均是文武搭配，自成体系。

中共中央这是出于全面考虑，做出了最坏打算。如果出现

▼
1947年3月，毛泽东率中央机关撤离延安

引 言

任弼时在转战陕北途中

不测,中国的红色革命还要继续进行下去啊!

但是,仅仅不到两年时间,形势便发生了神奇的变化,柳暗花明,云开日出,天翻地覆,乾坤逆转。

从1947年3月撤离延安,忍辱蒙垢,到1949年3月移榻北平,问鼎中华,奠基建国。胜利到来之迅速,大大出乎世界之预料。

古往今来,人类历史上从未曾有过如此戏剧性的大逆转!

衰盛之理,败胜之道,个中玄机,其谁得知?

当代关注和研究危机公关的达人们,实在应该深入探幽这其中的奥妙所在。中共的领袖、将士和群众,如何精诚团结,上下同欲,共赴危难,力挽狂澜,化腐朽为神奇,扶大厦之将倾。这似乎比中共历史上化解的历次政治危机和经济危机都要惊险得多，精彩得多，成功得多。

而见证这一人类奇迹的，就是太行山中的一个小小村庄。

西柏坡，实在是中国共产党的福地！

# 千年一凝眸

## 1

其实,历史的脚步选择在西柏坡驻留,是一次必然中的偶然,也是一次偶然中的必然。

在此之前,随着形势的变化,中共的总部机关曾设想从延安迁出后,向大城市和大平原靠近。但迁到哪里呢?先是凝眸淮阴,后来聚焦承德和哈尔滨。随着战局危急,又倾向于晋西北、晋冀鲁豫或晋察冀。

匆匆忙忙的枣林沟会议,对中央工委的落脚之处并没有明确,只是约略而言"前往晋西北或其他适当地点进行中央委托之工作"。在中央工委转移的过程中,曾有过前往刘邓开辟的晋

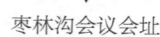
枣林沟会议会址

冀鲁豫解放区的计划,因为那里面积更大,战事更稳,而且新华社等总部机关已经迁移过去。但到达晋察冀之后,按照中央"停留一段时间,了解和解决该地区军事行动问题"的指示,确定暂时留驻。在此期间,聂荣臻盛情挽留。

时任中央工委秘书长的安子文后来追述:"这时晋察冀的领导同志提出,他们地区存在许多问题,如何打仗问题,石门是京广、德石、石太三条铁路交点，还没有解放，张家口又失守，及土改问题等，想留中央工委在晋察冀。会后向中央作了请示，毛主席回电批准留晋察冀。"

对于具体的选址，朱德的思路是"要选跟全国各地联系较为方便的地方，也就是交通比较畅通，却又不在大平原上"。刘少奇的思路是，要考虑最后指挥大决战的适当位置。

经过反复考察和比选，中央工委最后确定平山县西柏坡。

# 2

西柏坡村始建于唐代，原称柏卜村，古时因村北的坡岭上松柏苍翠且与东柏坡村相对居西，遂取名西柏卜。民国年间，改为现名。

选择这里，自有它的道理。

平山县是红色老区，群众基础好，是著名"拥军模范"戎冠秀的故乡，也是风靡各大解放区的歌剧《白毛女》原型人物的故乡，更是保卫中央总部的"平山团"的故乡。西柏坡村就是其中一个有名的"抗日模范村"和"支前模范村"，抗战期间，先后有8名青年参军参战，民工支前700多人次，做军鞋400

多双、军衣600多套（件），碾轧军粮200多万斤。小村虽然人口少，却有党员30多名。

再一个原因，就是这一带比较富庶。滹沱河两岸滩地肥美，稻麦两熟。西柏坡北面的陈家峪，西侧的北庄、南庄，东侧的东柏坡村，都比较大，东北方向5里外就是一个大集镇——西黄泥村。将来附属部门迁来，便于安置和供给。

许多年后，聂荣臻在一篇回忆录中写道：

"平山的敌人（日本鬼子）出来抢粮食，被我们打了一个伏击。……（当我们突破最后一道封锁线），登上东西黄泥（村）的大山，朝滹沱河两岸望去——嘿！河两岸的稻子一片金黄，在微风中摆动着。我对他们说：'你们看，滹沱河两岸，真是晋察冀的乌克兰……'"

最重要的原因，是地形和地势。这里位于太行山东麓，滹沱河北岸。太行余脉由西南而东北，峰峦起伏，山冈连绵，地势险要。而这里，正处于太行山与大平原的交接处，东面和西面，有两道高高隆起的山脊，像伸出的双臂，将小村紧紧地拥抱在怀中，正好形成一个马蹄形腹地。

军事专家分析说，背靠大山，面临平原，能攻能守，可进可退。若战局顺利，可东出华北大平原，占领石家庄，控制京广铁路，进而南北蔓延，直达京津和中原；如有不测，则可撤回层层叠叠的八百里太行，如虎入深山，龙归大海。

还有一个更隐秘的原因：西柏坡是一个普通的小村庄，人员单纯，不显山露水，便于保密。

# 3

当时的西柏坡村，是什么样子呢？

只有85户，325口人，散散碎碎地居住在滹沱河北岸的山坡上。村民大多是贫农和中农，只有一个段姓地主，有文化，很开明，与村民相处融洽。

小村的东部，是一座小山包，土名老鼠岭，岭前岭后稀稀疏疏地散落着几户人家。

如果征用这一片地方，在老鼠岭下开挖防空洞，四周建房造屋，办公住宿，不啻一个既隐秘又安全的机关场所。

于是，中央工委通过村长，与几户人家商谈。老百姓通情达理，十分配合，全部爽快地答应了。

刘少奇率领的中央工委，于1947年5月进驻此间，对外号称"工校"。

为什么是"工校"？现在想起来，真是有着一番特殊寓意

原西柏坡中共中央旧址

呢。工人、工厂、工业、工业化，其中凝含着共产党的理想和未来。

中央工委落户后，就开始秘密营造中央大院，为毛泽东等人的到来做准备。

# 4

采访时，笔者曾走访毛泽东的房东阎受朝的儿子阎文习。

阎文习当年18岁。他说："大约1947年9月，就不断有牛车驴车往这里运送木头，我好奇地问，拉这么多木头干什么？卸木头的人随口答准备盖房子。但让谁盖，为谁盖，却弄不清楚。过了一段时间，村干部领着一个穿灰军装的人来到我家，屋里屋外看了一遍后说，'工校'首长要借你家房子居住，行不行呀？我父亲阎受朝虽不是党员，但思想进步，不假思索地就满口答应了。那时，我全家6口人，父亲40岁出头，'土改'中刚分得5亩稻田，全家人都非常满意。为了给'工校'让方便，我们就借住到村东岸的本家叔叔阎受田家，不久又搬到村西岸的阎涛家。虽然有些不方便，但也没有什么……"

## 5

后来的宣传中，把西柏坡一带描绘成世外桃源的样子，山上松柏青青，户户梨花飘香。其实不然。

据老年人说，当年的老鼠岭上光秃秃的，只有三两棵歪歪扭扭的榆树和一丛丛乱蓬蓬的酸枣枝，半坡处偶见一两棵低矮、邋遢的松柏，奄奄一息。村民们四季烧柴，牲口们常年吃草，需求量太大，山上能做薪柴的树枝、灌木几乎全被砍光了。

西柏坡周围的山岭呢，也都是土得掉渣儿的俗名儿，驴山、牛山、马山、王八岛、坛坛坳……

历史的传说，总是涂满着理想的油彩，而现实中的原汁原味儿，才是最真实的。

# 耕者有其田

## 1

当年,各个解放区广泛传唱着这样一首歌曲:"解放区的天是明朗的天,解放区的人民好喜欢,民主政府爱人民呀,共产党的恩情说不完……"

其实,农民们并不在乎头顶上的"天",那些空空荡荡的蔚蓝和明朗,都是文人的浪漫和梦想。他们最在乎的是"地"——脚底下实实在在的黑土地、黄土地或红土地。

土地问题,从来就是中国农民最关注的焦点。中国历史上的历次农民起义和农民战争,都提出过类似"均土地"的诉求。即使是资产阶级革命先行者孙中山,也把"耕者有其田"和

翻身农民领到土地证的情景

"平均地权"作为其"三民主义"的主要内容,并终生孜孜以求,但最终也落空了。

近代中国,积贫积弱,特别是广大农村,处处败落、毫无生机,农民阶层食不果腹,饥寒交迫。在此背景下,许多志士仁人曾提出过各自解决农村问题的方案,但几乎都不约而同地落脚到了防止土地兼并和实现"耕者有其田"两个方面。中国共产党实行的土地革命和土地改革,在很大程度上正是继承并发展了孙中山的思想。

应该看到,给农民以必要的土地,并不是近代中国某个思想者或某个党派的个别主张,而是有识之士的共识。只不过,同其他党派相比,中国共产党是真正将此愿望贯彻于实践的最坚决的政党。

在第一次国内革命战争时期,中共就把改革封建土地制度作为革命的主要内容,制定了平分土地的政策。抗日战争期间,中共根据国内主要矛盾的变化和战争需要,将平分土地政策调整为减租减息政策。随着解放战争的到来,中共中央于1946年5月4日发出了《关于土地问题的指示》(即"五四指示"),宣布坚决支持和保护农民从地主手中获得土地,实现"耕者有其田"。

于是,一场轰轰烈烈的斗地主、分田地的农民运动开始了。

但是,"五四指示"在执行过程中存在着一个较为普遍的问题:对某些地主照顾太多。在各解放区内,不少县级以上干

◀ 土改运动中解放区农民举行集会

部出身于地主、富农家庭，区、村干部和支部党员中也以中农成分为主。于是，少数干部便借机多分土地，贪污公粮公款，新地主和新富农又滋生了出来。

分管这项工作的刘少奇，已经敏锐地觉察到了这种右倾现象和党风问题。

于是，中央决定在1947年5月4日召开土地会议，讨论并解决这些问题。但由于中央撤离延安，这个计划不得不中止。

5月31日，中央工委经请示党中央和毛泽东同意，向各中央局发出通知，决定7月再到晋察冀之平山县开会。

# 2

1947年7月17日，一个火热的日子。

在西柏坡村恶石沟西侧的打麦场上，一个决定中国命运的特殊会议召开了。

关于这条著名的恶石沟，很多书籍记载其位于西柏坡村外。其实，这条沟就在小村中间，呈南北走向，直通滹沱河，平时干涸，只在暴雨时节才咆哮几天。沟的西侧是一片椭圆形麦场，空荡荡的，像是在等待着什么。

这里还有一个细节,虽然不雅,却也真实。其实,恶石沟的真名是"屙屎沟",是几百年来约定俗成的土名,也是山里人乡土文化和生存状态的写照。土地会议后,文人们嫌其失雅,便在行文时改为现名。

那天一大早,麦场上的石块和粪便被清扫了,白白净净。白白净净的麦场,像一张刚刚烙出的浑圆的大饼,香喷喷的,散发着莫名的诱惑。

工作人员在麦场北侧放置一张褪色的条桌和几条长凳,这就是主席台了。这里,没有会标,没有标语,没有水杯,更没有麦克风和扩音设备。

◀ 1947年7月,刘少奇在全国土地会议上做报告

面对主席台的中央腹地，排放着一个个高高低低的小凳子，这就是代表们的座位。这些凳子都是借用村民的，开会时带来，散会时各自带回住所。

场地的四周有几棵半大的槐树和大叶杨，根本挡不住三伏天的炽热。为了遮阳，会场上方临时扯起了一个布棚。布棚下面，就是来自全国各地的110多名代表，董必武、康生、彭真、林伯渠、聂荣臻、叶剑英、薄一波、廖承志、邓颖超、刘澜涛、罗瑞卿……

为了这次会议，不少人半年前就出发了，装扮成商人或教书先生。为了躲避国民党的封锁线，东北局的代表甚至还绕道朝鲜，从山东登陆。

刘少奇站在主席台上，脑袋剃得光光的，瘦瘦的胳膊坚定地挥舞着，像是在表示：共产党不允许这个世界存在不公平现象，也不允许自己凌驾于群众之上，"土改"必须彻底，作风必须转变！

会议刚开始，他就强调说：

在（各地的）报告中间要老实、真实、确实，就是反映实际情况。什么是实际情况呢？就是自己亲眼看到的，亲手做到的和自己听到的。这个会议不拘形式，自由发言，报告也不拘任何形式，也不要呼口号，也不要鼓掌，或什么三鞠躬，有什么讲什么，主张什么讲什么，是好就说好，是坏就说坏，老老实实。我们开一个老实会议，以老实的态度作风来开这个会。这样才能讨论问题，解决问题。

头顶上的阳光火辣辣地烧烤着。聂荣臻坐在小凳子上，一边听，一边记。他身后的薄一波，赤腿搭在一个石墩上，边擦汗边摇帽子。

围观的山雀、鹌鹑和斑鸠们，看着这一群黑黑瘦瘦、南腔北调的陌生人，格外兴奋，在树枝上和天空中"叽叽喳喳"地叫嚷着，实在有些喧宾夺主。几个持枪的战士悄悄地走过去，狠狠地往树上投掷石子和土块，鸟儿们猛地意识到闯祸了，便赶紧闭嘴，惊慌地四散飞逃，像一伙神出鬼没的蟊贼。

近来，刘少奇一直在闹胃病，虽然天气燥热，却仍要用暖水袋捂着肚子，1.75米的大个子，体重还不足100斤。此时的他，已经离婚，独自带着几个孩子，正是生活上最困顿的时候。

开幕式过后，会议便采取大会集中、小会分散的形式进行。代表们都住在附近，大多时候是分头交流和讨论。

这期间，刘少奇每天的工作就是听取各地汇报。约谈之前，他总是嘱咐工作人员:"态度一定要客气,就说少奇同志请你去谈话。"

那态度,那语气,如同一个文质彬彬的教书先生。

## 3

此后的一个多月内,麦场上的小凳子们聚聚散散。

代表们真实地反映了各地情况,提出了很多实实在在的问题。渐渐地,刘少奇对各解放区的土地改革情况全面掌握了。

在这段时间里,刘少奇与转战陕北的毛泽东联系特别紧密。

8月4日,他向中共中央报告:"全国土地改革只晋冀鲁豫及苏北比较彻底;山东、晋察冀、晋绥均不彻底,尚须进行激烈斗争,才能解决问题;东北、热河新区情况尚好。综合各地农民要求有四大项:即土地、生产资本、保障农民民主自由权利及负担公平,其中土地与民主又是基本要求,而民主是保障与巩固土地改革彻底胜利的基本条件,是全体农民向我政府和干部的迫切要求,原因是我们干部强迫压制群众的作风,脱离群众,已达惊人程度……"为此,他提出了"建立各级农民代表会"等建议报告。

8月13日，毛泽东复电，认为刘少奇所提出的原则是正确的，同意将报告所述方针提到土地会议上讨论。

9月5日，刘发电："多数意见赞成彻底平分，认为方法简单，进行迅速，地主从党内党外进行抵抗可能减少，坏干部钻空子、怠工、多占果实的可能亦减少。而缺点就是除一般要削弱富农外，还可能从约占人口百分之五的上中农那里抽出或换平一部分土地。得利者在老区亦仍占百分之五十到六十，不动者占百分之二十到三十。仍可团结百分之八十以上的农民，因系彻底平分，中农的不安与动摇反而减少。故大家认为利多害少。"

9月6日，毛泽东回复："平分土地利益极多，办法简单，群众拥护，外界亦很难找出理由反对此种公平办法，中农大多数获得利益，少数分出部分土地，但同时得了其他利益（政治及一般经济利益）可以补偿。"

…………

无影的电报密码在天空中飞来飞去，编织着玄幻的历史风云，酝酿着天网般的民族命运……

一抹猩红的曦光，静静地涂染在西柏坡上，像新鲜的蛋黄，颤颤的。

那是中国的未来！

# 4

9月13日,全国土地会议闭幕,刘少奇做"为彻底平均地权而斗争"的结论。会议通过了《中国土地法大纲(草案)》。

大纲规定:废除封建性及半封建性剥削的土地制度,实行耕者有其田的土地制度;废除一切地主的土地所有权;废除一切祠堂、庙宇、寺院、学校、机关及团体的土地所有权;废除一切乡村中在土地制度改革以前的债务;乡村农民大会及其选出的委员会,乡村无地少地的农民所组织的贫农团大会及其选出的委员会,区、县、省等级农民代表大会及其选出的委员会为改革土地制度的合法执行机关;等等。

▶ 《中国土地法大纲(草案)》

翻身农民
丈量土地

这个简陋的会场，喊出了中国农民两千年来压抑在心底的一句话：平分土地。

这句话像一个火种，经太行山的山风一吹，火星四溅，烧遍全国各个解放区：陕甘宁、晋察冀、冀鲁豫、晋绥、鲁南、冀热辽、鄂豫皖……

到处是烧地契、埋界桩、量土地的火热场景，到处是踊跃参军、支援前线的铿锵锣鼓。

共产党在解放区进行未来理想社会的预演，从土地改革开始了。

## 5

土改,的确是一场扭转乾坤的大运动!

1947年底,上海《密勒氏评论报》的一篇文章说:中共采取了两种斗争方式,一是土改,二是军事,决定最后胜负的在于前者而不在后者。

1948年前后,美国作家威廉·辛顿(Willam Hinton)以观察员身份生活在山西省潞城县张庄村,用半年时间亲身参加土改,而后以韩丁的笔名发表了著名的长篇纪实文学《翻身——中国一个村庄的革命纪实》。他在书中感叹道:"新发布的《中国土地法大纲》在1946年1950年中国内战时期,恰如林肯的《黑奴解放宣言》在1861年至1865年美国南北战争时期的作用。"

# 水东流

## 1

各解放区轰轰烈烈进行土改的同时，转战陕北的毛泽东、周恩来一行，却在生存与毁灭的缝隙间苦苦地攀爬着，坚守着，运筹着……

国共两党，正在平原上、山坳中、城市里进行着各种形式的摔跤。

形势，终于发生了微妙的变化。

刘邓大军扎根大别山，粟裕所部击毙张灵甫，林彪所部在东北已经控制大部分县域和农村。晋察冀的军事问题，也有了根本突破：在连续进行正太、青沧、保北三个战役之后，又在清风店全歼国民党第三军主力,继而攻克了华北最大的城市——石家庄,并完全控制了平汉铁路保定以南路段,使晋冀鲁豫和晋察冀两大解放区连为一体。

特别是西北战场,在取得青化砭、羊马河、蟠龙三战三捷之后,又于1948年2月29日至3月3日,组织了瓦子街战役,全歼胡宗南军主力一个整编军部、两个整编师约3万人,战局完全改观,延安收复指日可待。

于是,中国的红色革命,像一艘巨大的航船,驶过急流险滩,终于进入了平阔的水域,顺着黄河的方向,顺着河流的方向,向东,向东,向着大平原、大城市靠近……

1948年3月23日,毛泽东、周恩来、任弼时率中央前委机关一行在陕北吴堡县川口东渡黄河。而后,大队人马经晋绥解放区临县双塔、兴县蔡家崖、岢岚、五寨,过恒山余脉,进入雁门关,再经代县、繁峙、伯强,越鸿门崖,抵达五台山。

4月10日,毛、周、任一行由五台山出发,经射虎川,越长城岭,终于在次日傍晚到达晋察冀军区机关所在地——阜平县城南庄。

城南庄旧址

## 2

关于毛泽东一行莅临晋察冀边区首府的过程,有一段确切记载:

4月11日,聂荣臻、刘澜涛等边区党政领导人吃完午饭就开始在村边的大路口等候,一直等到日头西垂,夕阳谢幕,也不见人影儿。

焦急的聂荣臻便让人点起火把,骑上马,向前迎过去。一直走到菩萨岭的北面,终于看到黑黢黢的一群人,正在向这里蠕动。

毛泽东走下吉普车,与聂握手,脸上挂着惯有的笑容:"聂司令员,我和恩来、弼时来打扰你啊。"

"这一路不好走吧?听说西边下了雪。"聂荣臻握着毛泽东的手,千言万语汇成了一句朴实的问候。

"下了雪,好风景呀!五台山上一片洁白,整个世界一片洁白,多惬意呀!荣臻呀!严冬已经过去,这春天的雪,踩上去'咯吱咯吱'的,我心里蛮舒服喽。"毛泽东兴致极高,边说边打着手势。

走进城南庄,毛泽东看到了一个奇怪却又震撼的场面:街道两旁的房顶上人头攒动,却又无声无息。黑乎乎的夜色中,只见一双双充满喜悦与好奇的大眼睛,像一簇簇萤火,闪亮着,静静地注视着行走在街中心的这群人。

毛泽东心底一热:"到了晋察冀,感觉就像当年在(江西)兴国一样!"

…………

一个多月后的5月27日,这一队人马,又悄悄地潜入了西柏坡。

# 3

经过一年多的艰苦转战,随着战局的好转,一种全新的生活就要开始了。

只是,中共首脑机关,从中华民族的发源地——黄土高坡,转移到了中华民族的发祥地——太行山脉。

太行山连绵千里,纵贯北国,号称"中华之脊"。

浩瀚的大山褶皱里,是馒头状的高高低低的山岭和蜂窝状的深深浅浅的山坳,宛若一只只温厚的佛掌,抚佑着祖祖辈辈的山民,连同他们的苦难和梦想。

坐卧太行,东望中原,北望京都。

从山区到平原，从农村到城市。

历史，已经悄悄地却是坚定地跨出了一大步。

中国的红色革命，就像一个进京赶考的青衿学子，一路走过南昌、瑞金、遵义、延安，终于临近京畿，隐隐地望见了都城的影子……

# 梨花小院

## 1

"中央大院"其实是围绕老鼠岭修建的。

主要工程是在山腹内开掘一条 300 多米的防空洞,在周围的空地上新造几间普通办公房和一个机关食堂。对于附近租用的 13 户民房,则是简单修缮。由于没有大兴土木,以至于没有引起外界的注意。

毛泽东搬来之前,考虑到他在延安时的工作和生活习惯,杨尚昆等人专门请来绥德的工匠,仿造了两间窑洞。毛泽东参观后,感觉有些"奢华",执意让给和刘少奇挤住在一个院内的年龄最大的朱德。而他自己,则另选了一套与刘少奇比邻的普

梨花小院

通民宅,这就是前文提到的村民阎受朝家。

阎家老宅在日军扫荡时被烧毁了,他们只恢复了北房两间,西房一间半。其余的房屋,只好在"中央工委"原址上修盖。毛泽东住在原有的北房里,土坯木顶,面积狭小,但为了稳固和安全,工作人员还是在屋中央支起一根立柱,顶住房梁。

院子里有猪圈、磨盘和鸡窝等,卫士认为不够雅观,请示拆除。毛泽东说:"我们在这里不会太久,老乡还要用呢!"于是,只是填平猪圈,其他设施都原物保留。

一张木床,一条白布床单,一床灰布棉被,一幅巨大的军事地图,一个土黄色的水牛皮沙发和一个铸铁浴缸,这就是毛泽东的卧室。

院内有一棵梨树,是房东栽种的。转眼已经是六月了,梨子的青胎在悄悄地长大着,前天像豌豆,昨天像酸枣,今天已是鹌鹑蛋大小了。

北屋门前还有一棵楸树,树荫下是一面旧磨盘,磨盘上面放着一只热气袅袅的白瓷水杯,水杯旁边是一张帆布躺椅。

夏天的夜晚,毛泽东时常与刘少奇、周恩来、任弼时等人围坐在磨盘周围,谈论战局和时局。一盏煤油灯,几只小飞蛾,围绕在周围,细细地谛听……

山风爽爽的,吹拂着小院里昏黄的灯火。火焰熊熊地燃烧,虽然摇摇晃晃,却也脚跟稳定,把一座简陋的土舍映照得流光溢彩,蓬荜生辉!

# 2

刘少奇与毛泽东比邻而居。

西柏坡时期的刘少奇,是最幸福的刘少奇。

在延安时,刘少奇就认识了年轻、美丽、聪慧的王光美。

王光美是天津人,1921年出生于一个富裕家庭,中学毕业后考入北京辅仁大学,并获得硕士学位。因为向往共产党,王光美放弃了到美国留学的机会,先是到北平军调处中共代表团担任英文翻译,后又报名去延安,在中央外事局工作。正是在这里,她遇到了刘少奇。谁知刚刚交往,却因战事告急,撤离延安。两人未及告别,便天各一方,音信断绝。

1948年三八节的晚上,两人意外地在西柏坡的一个舞会上重逢了。

原来王光美离开延安后一直在晋绥解放区参加土改,前些天刚刚随中央外事局搬到距离西柏坡4华里的柏里村。

▶ 刘少奇、王光美夫妇在西柏坡

这一次，刘少奇没有再浪费机会，主动提出了约请。

几天后，两人在刘少奇的办公室见面了。

刘少奇正在埋头写东西，看见王光美走进来，马上站起，惊喜地说："你真来了！"

两个人山南海北地谈论着很多飘浮的话题。最后，刘少奇结结巴巴地表达了自己的意愿，并再三强调说，自己年纪较大，身染胃病，婚姻不顺，又有孩子，要对方好好考虑。

已经27岁的王光美虽然学养深厚，性格稳重，却也不乏浪漫情怀，最主要的是，她对中共领袖有着一种特殊的崇敬。面前这个清瘦却又儒雅的人，真是有些让她动心了。追求恋爱的男人，大都竭力展示自己的种种优点，而他，却只是在强调自己的缺陷。

她嗫嗫嚅嚅地说："年纪什么的，我倒没有特别考虑，只是在政治水平上，我们相差得太远。和你在一起的话，我不知道应该注意什么。而且，我也不了解你过去的个人生活情况。"

刘少奇说："应该注意什么问题，你去找一趟安子文；如果想了解我过去的历史，你可以去问李克农。"

王光美又小声追问了一句："我不知道你有没有其他婚姻关系？"

刘少奇说："如果你想知道这方面的情况，就去问一下邓大姐。"

王光美不说话了，静静地低着头，脸色酡红。

忽然，她感觉时间不早了，便怯怯地说："几点了？我应该回去了。"

刘少奇拉开抽屉，拿出一块怀表，遗憾地摇摇头，叹了一口气。原来，这块怀表早就损坏了，表盘黄黄的，僵僵的，像一颗风干的鱼眼。

看到这个情况，王光美心里再次颤动了。他工作没日没夜，怎么连一块正常报告时间的怀表也没有？她禁不住问："你怎么不让人修一下？"

刘少奇为难地说："该找谁呀？"

王光美鼓足勇气，说："你交给我吧！我帮你拿去修修！"

…………

# 3

在西柏坡这个紧张、安静却又浪漫的小村里，经过一段时间的交往，经过邓颖超、康克清等人的热心撮合，两人终于正式确定了关系。

决定结婚以后,刘少奇请王光美把行李搬过去。但王光美还是有些顾虑:"我就这样搬到你这里,算是怎么回事?要不要到机关大食堂宣布一下?"

刘少奇说不用,结婚就是两个人的事。

1948年8月21日,是他们大喜的日子。这一天,刘少奇仍像往常一样,在办公室处理土改文件和新华社文稿。直到傍晚时分,他才对身边的工作人员说:"今天要成亲了,光美不好意思,你们去接接她。"

就这样,秘书齐建华和几个人骑上马,把王光美从柏里村接到了西柏坡。

这一天,没有举行什么仪式,甚至连一顿小范围的聚餐也没有。王光美在中央外事组的同事们只是做了一个大蛋糕,算是他们的结婚贺礼。

晚饭后,中央食堂里举办一个小型舞会,两人都去参加,正好毛泽东、周恩来等人也在场。周恩来十分机敏,看到两人没有专门举行结婚仪式,就对毛泽东说:"咱们一起去少奇家,热闹热闹。"

于是,新郎和新娘陪着毛泽东、周恩来、朱德、叶剑英等人来到了所谓的新房。说是新房,其实就是刘少奇居住的那间土墙瓦房,只有8平方米,里面除了一张大木床和两把木椅外,就是从延安带出来的一个白茬木箱，上面写着几个字："奇字第3号。"

坐下后，王光美给在座的男人们一一点上香烟。闲聊了一会儿，几个人就到隔壁的刘少奇办公室谈工作去了，外事组的几位女翻译便开始"嘻嘻哈哈"地分切蛋糕。

女人们给隔壁的男人们每人切了一份。他们一边品尝，一边说笑。

毛泽东吃完后，忽然想到女儿李讷，便又讨要了一块，双手小心翼翼地捧着，急匆匆地离开了。

# 4

周恩来住在大院最东侧，距离防空洞最远。

正是战事最稠密最紧张的时候，他身为中央军委副主席兼总参谋长，决策层的所有准备工作，都需要他具体办理，另外，他还分管外交、侨务、统战、新闻宣传等工作。不用说，他是大院里最忙碌的那个人。

周夫人邓颖超在妇委会工作，办公地点是附近的北庄，平时很忙，只在周末回家。周恩来脚上的那一双布鞋，还是警卫

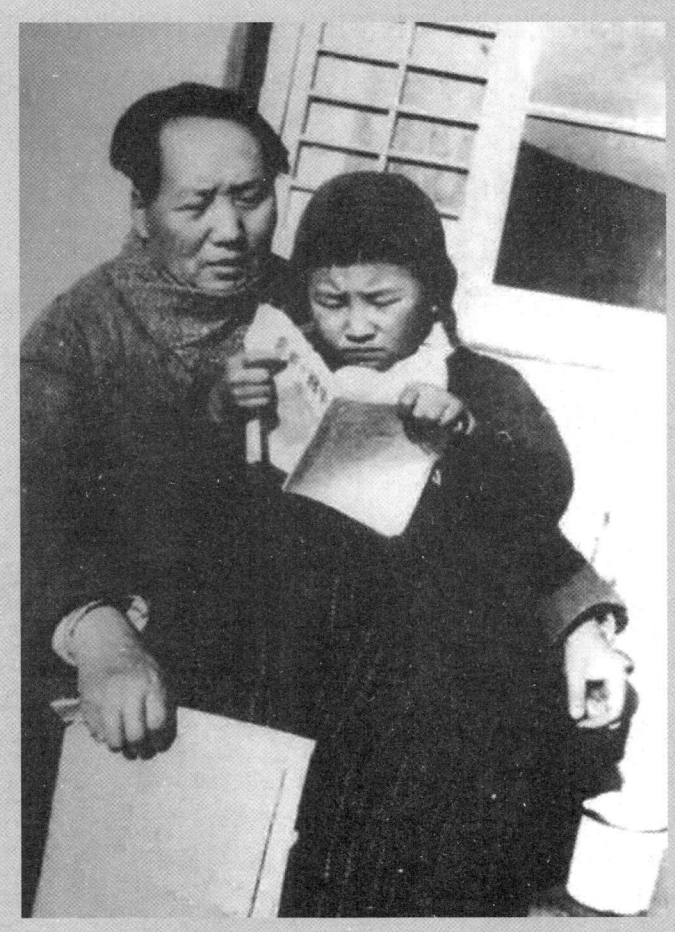

毛泽东教女儿李讷识字

员王还寿在转战陕北时缝制的,上个月就破了洞,露出了脚趾头,卫士长成元功就请刘少奇家的保姆耿桂珍缝补了两个包头。他的外衣纽扣也陆陆续续地脱落了,来不及补缀,便总是敞开着。寒露过后是霜降,一场秋雨一场寒,待到要系上纽扣时,却发现只剩下一颗了。于是,几个人四处翻找,却只是寻到几枚不同样式和颜色的扣子。没有办法,只有这样了。

1948年冬天,周恩来的上衣纽扣竟然是五种样式的。

周恩来的屋里有三个特别的书柜。每个书柜都是上下两层,中间有合页,折叠起来却又是一个箱子。这是他在延安时专门请木匠设计、制作的,便于行军时使用。

▶ 周恩来与邓颖超在西柏坡(周恩来身上的纽扣为五种样式)

屋内最显眼的是一台交直流两用收讯机，铁质，蟹青色，土坯大小，正前面有七个旋钮、一个喇叭和两个仪表，底部是四个短足，既可收音，又能发报。

这是陈毅的礼物。

1947年12月，为策应刘邓部队在大别山立足，陈毅、粟裕在平汉、陇海路组织指挥阻击战，包围许昌，全歼守敌6500余人，在战斗中缴获了这个宝贝。1948年5月，军委后勤部部长杨立三到华野总部的驻地濮阳公干。临别时，陈毅委托杨立三把它带给周恩来，并附言一封："恩来、小超，此美国新出品，许昌战斗缴获品。你们有电灯，利用其开动起来十分好，夫妇俩可以在屋内跳舞。"

但，周恩来太忙了，哪有时间跳舞呢。

所以，那个收讯机总是闲置着，独自蒙尘。

他的办公室西侧也有一棵小梨树，树干黄瓜般粗细，上面结了三个青胎。周恩来特意嘱咐警卫员，要管理好小树，常浇水，不要干死了。平时，警卫员除了适时浇水外，还特地在树旁插了一个固定的木桩，并将鱼虾的肠肚等废弃物作为肥料埋在树下。

每天晚上，周恩来和毛泽东一起，在军委作战室里常常熬到拂晓。

院子里空空的，只有一棵梨树，半轮清月。

光影斑斑驳驳，花香飘飘浮浮……

## 5

大房间，玻璃窗，暖墙壁，置身于老鼠岭北侧的窑洞里，年过六旬的朱德总司令，住房条件是最"豪华"的。

本来这所房子是为毛泽东准备的，但毛泽东说朱总司令年龄大，又和刘少奇挤住在一处院子里，不方便。这个窑洞是独院，相对比较安静，房子也宽敞，适合老年人居住。朱德知道毛泽东的好意后说，任弼时虽然年轻，但是身体不好，更需要

任弼时与陈宗瑛
在西柏坡

安静,还是让他住吧。而任弼时坚持说,自己身体没问题,一定要请总司令住下才合适。

虽然朱德再三推让,但在众人的坚持下,不得不住进了这座相对宽敞的窑洞。

窑洞南面是一个小院,院旁有一条小水沟,就是屙屎沟的上游。

朱德虽然住上了"豪宅",却没有独享。由于西柏坡没有招待所,每逢外地的领导人来中央开会或办事,他总是请到家里留宿。

有一次,王稼祥、朱仲丽夫妇来到西柏坡,又被朱德请到家里。由于客人是夫妇两人,且是远途而来,他便执意让王稼祥夫妇睡在自己的大床上。而他和老伴康克清,却用四个凳子

◀
朱德、康克清
在西柏坡

两张床板,另外搭起了一张床铺。

两对夫妻,同宿一室。

当然,中间拉了一个布帘。

# 6

人们总是用晋察冀的"乌克兰"来形容西柏坡。

其实,这个"乌克兰",是指包括西柏坡上下若干公里的滹沱河流域。这条开阔绵长的从西南到东北方向的"V"形谷地周围,有数不清的山头,奇形怪状,像一排排列队的武士,密密匝匝地拱卫着。山壁为屏,白云为幕,日月为灯,全然是一处迥异于外界的江南水乡。河水清清,岸边是一摊厚厚的黄土。在这深山里,黄土就是黄金了。黄金般的黄土里,可以生长稻子、玉米、小麦和各种果蔬,这是滋养一方生灵的温床。山里人就是借此相依为命的,筑巢而居,汲水而饮,种田以饱,渐次繁衍绵延。

"工校"落户后,特别是毛泽东等人进来后,中央各机关也陆续迁至附近。绵延数十里的河谷里,布满了星星般的部落。中央办公厅和秘书处驻夹峪村,中央组织部驻南庄村,中央宣传部和中央电台驻北庄村，中央社会部驻东、西南泥村，卫生部和中央医院驻朱豪村，新华通讯社驻部家庄村……

在此前后，这些村庄里陆陆续续修建了上千间住房，开挖了几十眼窑洞，在东柏坡村还修建了一座可容纳几百人的大礼堂。而更多的村子，如岗南、洪子店、温塘等相继开办了军民合作日用品门市部——面粉厂、挂面厂、榨油厂、饼干厂、酱油厂、豆腐厂等，郭苏镇甚至还建起了一处卷烟厂……

这个静静的滹沱河谷，默默地接纳了这支新生的民族解放力量。他们以这里的山山水水为母体、为温床、为被子、为枕头、为乳汁，悄悄地滋养着，滋养着一场翻天覆地的大革命！

一年之后，当从这里走出去的时候，他们已是掌控中国方向的执政党了。

# 7

但是，当时的绝大多数村民，只知道这里是共产党的"工校"，根本没有意识到这里竟然是中共的首脑机关。由于当时执政的还是国民党，或许在村民们的心目中，蒋介石才是正宗，才是政府。

不过，村民们已经明显地感觉到了这群人异乎寻常。他们的语言虽然南腔北调，但待人和气，满脸微笑。看看他们的军装，土黄色的，石灰色的，有一种莫名其妙的熟悉和亲切，那是大地的颜色，那是石头的颜色，那是树皮的颜色……

于是，村民们便感觉到了一种特殊的踏实和安宁。他们便经常拥围在路边，远远地观望着战马进进出出，猜想着行人官大官小。

这委实是一座扭转乾坤的大山！

这委实是一个饱含玄机的小村！

# 最魅力

## 1

在中国广袤的土地上，一场带来社会大变革的运动正在解放区轰轰烈烈地开展——土地改革。

土改最大的受益者是中国广大的农民，他们获得了祖祖辈辈梦寐以求的土地。土地带给了这些翻身农民巨大的喜悦和梦想，他们从此对生活有了无限的希望和美好的遐想。

但是，一场史无前例的大规模运动，总会出现一些不和谐的嘈杂之声。土改运动中，一些地方的"农会"代表批斗地主、富农的办法五花八门，越过了党的方针、政策。个别地方还出现了消灭地富肉体的极端行为。一些地方，对开明民主人士无情打击。还有不少基层政府,对民族工商业进行粗暴没收和破坏。

轰轰烈烈的土改运动,在主流向好的同时,也出现了一系列"左"的错误。

## 2

党内有识之士早早地发现了这些问题。

1948年1月4日,习仲勋就绥远所属各县"左"倾现象向中央报告并建议:苏维埃时期的老区可不采取平分土地的原则,

翻身农民在分得的土地上插界标

而以抽补办法解决无地和少地农民的土地。如果同新区一样，就可能将新富农评为旧富农，将被没收过土地的地主富农而劳动八年以上的，又定为地主富农再去斗争，将富裕一点农民定为地富。

1月9日，毛泽东复电，同意习仲勋关于老区土改工作的意见，并指出："望照这些意见密切指导各分区及各县的土改工作，务使边区土改工作循正轨进行，少犯错误。"

1月20日，毛泽东再次转发习仲勋关于西北土改工作情况的报告，并批语："完全同意习仲勋同志这些意见。华北、华中各老解放区有同样情形者，务须密切注意改正'左'的错误。……"

## 3

1947年11月初，任弼时发现了晋绥土改中的一些错误做法，便开始集中精力研究。11月8日，他致电华东、东北、五台和太行局，要求将土改中怎样分析农村阶级即怎样确定地主、富农、中农、贫农、雇农等材料日内电告中央。

11月中旬，他利用养病之机，对兴县钱家河周围30多个正在土改的村庄进行实地调查。

1948年1月中旬，在西北野战军前委扩大会议上，任弼时正式发表了《土地改革中的几个问题》的演讲，就土改中划分农村阶级的标准，巩固团结中农，斗争地主、富农的方法，以及对工商业、知识分子和开明士绅等亟待回答的政策问题，进行了明确的阐述。很多见解独特深刻，前所未有，令人震惊。

关于牢固地团结全体中农，他说："中农是我们的永久同盟者"，中农"在老解放区，一般占了百分之五十上下"，在彻底平分土地以后，农村中绝大多数人都成了中农。"打日本时，中农出钱出力不少，是有功劳的。现在打蒋介石，也靠他们出大部分人力和粮食。解放军中有30%至40%是中农。在新民主主义经济建设中，从个体经济到集体合作经济发展中，主要是依靠有丰富生产经验和有较完备的生产工具的新老中农。将来，中农还可以同我们一道走进社会主义。因此，错定中农成分、排斥中农、贫雇农包办一切、特别加重中农负担等，必须坚决地公开地加以纠正。"

对工商业政策，任弼时指出："我们对工商业，应采取保护和领导的政策"，破坏工商业"是一种自杀政策"。党的政策是仅仅没收官僚资本与真正大恶霸，反动分子的工商业归国家或人民所有。"这些政策不仅适用于原有解放区，也适用于将来解放的新区域。"

对知识分子和开明士绅问题，任弼时指出："教授、教员、科学家、工程师、艺术家等，他们大多是地主、富农、资本家家庭出身，可是他们自己干的事业，是一种脑力劳动。对于这些脑力劳动者，应采取保护他们的政策"，"必须放手争取和使用中国原有知识分子专家来替人民办事"。

演讲的最后，任弼时特别气愤地讲到了"打人、杀人问题"。

他极为严肃地声明："共产党是坚决反对乱打乱杀与（对）犯罪者采用肉刑的"，"多杀人必然要失去人民群众的同情，遭受很多人反对"。"因此那种主张多杀人乱杀人的意见是完全错误的……必须给以毫不容情的反对！""打人，我们也是要反对的。""在审查干部党员和斗争个别群众中的坏分子时，应采取尽量用口批评说理不准动手打人的方针。"

…………

毛泽东对任弼时的这篇演讲十分重视，亲自修改并补充定稿，确定为中共中央的土改政策文件，并批示新华社："用明码电报开始拍发，各解放区争取两天或三天发完。由新华社转播全国各地，立即在一切报纸上公开发表，并印小册子。请范长江同志注意，不要译错文字或标点符号。"

## 4

从已经披露的党史文件中,我们可以明显地看出,对于土改的工作方法和对地主、富农、中农、贫雇农的阶级分析,毛泽东、刘少奇和任弼时的原始意见并不一致,他们曾有过多次的讨论,甚至争论。

1948年1月8日,任弼时致电刘少奇,对其主持形成的文件中"雇贫农、工人及其他无地少地农民,在老解放区一般仍占乡村人口百分之五十以上"的估计,提出不同看法:据太行地区的有关统计,"中农在土地分散地区,在抗战前即约占人口百分之四五十,现应更形增加","晋绥、陕甘宁新旧中农合计,据估计与部分统计亦多在农村人口半数左右"。

1月14日,毛泽东致电刘少奇,对他为中共中央起草的关于执行土地法的指示草案提出意见:"我觉得这个指示似乎有些过了时机,土改运动已经按新方针向前发展,运动中发生了许多急待回答的问题(主要是过左),而这些问题,指示草案中或者缺乏具体的回答,或者回答的分量不够。"

1月18日,刘少奇复电毛泽东:"完全同意你的意见,不发我在土地会议后起草的那个指示。因为现在运动已向前发展,如发那个指示，不独无益，而且有害。"

1月18日，毛泽东亲自为中共中央起草《关于目前党的政策中的几个重要问题决定草案》，指导全党纠正已经出现的某些"左"的倾向。当时，毛泽东、周恩来、任弼时、彭德怀、陈毅、贺龙、陆定一等举行会议，讨论并通过了这个草案，定名为《关于目前党的政策中的几个重要问题》，亦称"中央一月决定"。会议结束后，毛泽东致电刘少奇：中央本日原则通过了"中央一月决定"，"须待征求你们意见加以修改，然后发往各地"。

但是，这期间，毛泽东、刘少奇、周恩来等人经过进一步的深思熟虑，在反复征求各地意见后，断然改变了自己的思路。

3月17日，毛泽东又电告刘少奇："我们决定发表弼时同志一篇讲演，不发表一月决定草案，因为弼时同志的讲演比一月决定充实得多。"

"中央一月决定"此后再没有下发。

3月28日，中共晋冀鲁豫分局机关报《人民日报》全文发表了任弼时的《土地改革中的几个问题》。

这篇公开演讲与毛泽东、周恩来等这个时期为中央起草的若干党内指示，形成纠正解放区土改"左"倾错误的有实际操作意义的指南。

# 5

在西柏坡，任弼时仍然继续深入研究土改问题，并分别于5月8日和6月28日为中央起草了两个电报。

5月8日的电报《完全抛开党支部是不妥当的》，指出：在整党工作进行中，必须对党员和支部作恰当的估计和分析，才不致采取冒险的整党政策。根据对晋察冀和晋绥党员调查看，土改前真正地（主）、富（农）成分并不大，约百分之六七十是贫雇农，这几年相当一部分上升为中农，新旧中农约占百分之六十，贫雇农成分只占百分之三十左右。大部分党员是好的和可以改造好的。党的支部大体也可分三类，好的、一般的、很坏的。前两类可通过调换干部等方法改造。对很坏的一小部分"异己成分很多，领导骨干很坏的，为地富直接把持或实际上完全为地主富农所操纵"的，完全应当超越它来进行土改，只吸收其中好的党员来参加，或宣布解散另行成立支部。但这种支部的数目不大，要防止随意扩大其数目。

6月28日电报《正确分析党支部状况和对待犯错误的党员》指出：在土改中对整个党的基层组织采取不信任的态度，采取"自流主义的放弃领导的态度"，采取抛在一边任凭群众去处理的办法，这种方针是"不妥当的，有错误的"，是对于经过十年斗争的党缺乏正确估计和分析的错误,是与错误的"贫雇农路线"不承认党是阶级组织的最高形式,把党降低到群众水平以下,不重视党的领导作用的思想有联系的。这种错误的方针必定会伤害广大党员(和)一批干部情绪,增加以后整党的困难。对此,必须在适当时机用自我批评的态度加以适当指出,以利团结广大党员和干部。

............

# 6

对于土改运动中出现的"左"倾问题,刘少奇也有清醒的认识和深刻的反省。

在1948年的"九月会议"上,刘少奇承认,土地会议的基本方针是正确的,但有重大缺点。在土地问题上,有土地法大纲,但没有具体办法。土地会议的缺点和错误,我要负责的。

毛泽东大度,刘少奇虚心,任弼时认真。三人同心,使土改工作尽快地、尽多地改正了错误,端正了方向,取得了最佳效果。

有人说,西柏坡时期是中共领导集体最团结、最和谐、最高效,也是最具魅力的时期。

　　此言不虚!

　　真是一个意气风发、蒸蒸日上、势如破竹、所向无敌的黄金时期啊!

# 战争与命运

## 1

1948年9月8日至13日,中共中央在西柏坡大伙房召开了一次政治局会议,史称"九月会议"。

这次会议最闪光的亮点是,提出了今后的工作任务:用5年左右时间,建军500万人,歼灭国民党正规军500个旅(师),从根本上推翻国民党统治。

应该说,这是一个大胆的宣言。

的确,此时全国的军事、政治和经济形势都发生了重大变化,国民党军队的总兵力已由战争初期的430万人减少到365万人,被解放军分别钳制在东北、华北、西北、中原、华东5

个战场上，能够进行战略机动的兵力已经寥寥无几。在国统区，由于战争连连失利，政治腐败，互相倾轧，矛盾更加尖锐，经济危机更加严重。人民解放军的总兵力，由战争开始时的127万人发展到280万人，虽然在数量上仍属劣势，但在战场上的机动兵力已大大超过对方，战斗力更是大为增强。与此同时，中共各大解放区日益巩固、发展、壮大，面积已扩展到235万平方公里，约占全国总面积的四分之一，人口已达1.68亿人，占全国总人口的三分之一以上。特别是解放区已经全部完成土地改革，广大农民努力发展生产，踊跃参军支前。

所有的征兆表明：共产党同国民党进行战略决战的时机已经到来了！

但是，举凡类似的宣言，却是失败者居多。

十多年前，日本人曾扬言"三个月，灭亡中国"；就在两年前，蒋介石也曾高喊"三个月消灭共产党"。

其结果呢？

不过，这一次，共产党却是过于低调和保守了。就在这次会议之后，预估5年，却只用了短短5个月时间，就从根本上取得了战争胜利。

古语："取法于上，仅得为中；取法于中，故为其下。"

而这一次，取法于上，却是得其上上。

这是一个古今中外、世间少有的奇观!

# 2

辽阔的东北地区,背倚苏联,在中国地理版图上,是一个犄角。

抗战胜利后,这里最先控制在苏联红军手中。共产党抢早一步,捷足先登。国民党后来居上,反客为主,迅速占领了中心城市,把共产党部队压迫到偏远的农村里。重庆谈判期间,毛泽东点将林彪,经略东北。

林彪的确是一位神勇且极具个性的将军。经过两年经营,东北这块广袤的冻土,就像一块日夜发酵、升温的巨大蛋糕,已经趋于成熟。

此时,刘邓大军在大别山进一步站稳脚跟,虎视华东,剑指南京;西北方面,彭德怀扫荡胡军,收复延安;华北腹地,连成一片,千里中原,任我驰骋;山东一线,更是全线飘红,直指江南。1948年秋天的中共军队,丰收在望,已经由全面守势变为全面攻势,磨刀霍霍,准备决战。

毛泽东,把大决战的起点就选在了东北!

当时国军部署在东北的兵力主要是卫立煌的 4 个兵团，共计 14 个军 55 万余人，被分割在长春、沈阳、锦州 3 个孤立的地区，靠空运补给。而林彪部队在农村建立根据地，如滚雪球般迅速涨大，总兵力达 103 万人，控制了 95% 的铁路运输线。

毛泽东提出了夺取锦州、"关门打狗"的战略。

但前线的林彪却有着自己的计划，他舍不得放弃已经到了嘴边的"羔羊"，力主先打围困已久的长春。

西柏坡与东北相隔千山万水，"将在外，君命有所不受"。

林彪通过电报频繁地与毛泽东交换意见，往返 20 多封，有些电文长达几千字，间隔只有一两个小时。

1948 年 9 月 7 日，毛泽东明示："置长春、沈阳两敌于不顾，并准备在打锦州时歼灭可能由长、沈援锦之敌。"

经过激烈的争论，林彪最终接受了中央军委的意见。

但是，就在东北野战军悄悄向锦州开进的时候，林彪突然收到国民党新五军和九十四军共 4 个师经海路在葫芦岛登陆的消息。只携带了 7 天给养的东北野战军，骤然面临腹背受敌的险境。

10 月 2 日 22 时，林彪致电中央军委，重提回师长春。

从来没有在原则问题上有过让步的毛泽东，马上在次日 17 时发报："……在五个月前，长春之敌本来好打，你们不敢打，在两个月前,长春之敌同样好打,你们又不敢打。现在攻锦部署业已完毕,锦西、滦县线之第八、第九两军亦已调走,你们却又因新五军从山海关,九十五师从天津调至葫芦岛一项并不很大的敌情变化,又不敢打锦州,又想回去打长春,我们认为这是很不妥当的。"电文中,明显夹带着浓烈的火气。

19时,毛再次发报,指出:"我们再考虑你们的攻击方向问题,我们坚持地认为你们完全不应该动摇既定方针。"

5个小时后,终于等来了林彪决心先打锦州的电报。

毛泽东在4日早晨回复的电报中,第一句话便是"你们决心攻锦州,甚好甚慰",欣喜之情溢于言表。接着,毛又说:"在此以前我们和你们之间的一切不同意见,现在都没有了。希望你们按照你们三日九时电的部署,大胆放手和坚持地实施,争取首先攻克锦州。"

这样一场关系到战争结果乃至历史走向的争论,从10月2日22时至4日6时,仅仅用了32个小时,凭着几封电报便解决了。

10月15日,解放军攻克锦州。

10月19日,长春守敌投降。

10月27日,辽西大捷。

自1948年9月12日至11月2日,52天的艰苦作战,东北野战军以伤亡6.9万人的代价，歼敌47.2万余人，取得解放东北全境的重大胜利。

辽沈战役的胜利，使人民解放军的兵员第一次在总数上超过了国民党军队，从而使整个解放战争的形势发生了质变。

路透社评论说："国民党在满洲的军事挫败，目前已使蒋介石政府比过去20年存在期间的任何时候都更加接近崩溃的边缘。"

英国《泰晤士报》则预言："中共占领东北后，将出现一个'自北向南征服的形势'。中国的统一，似乎将从东北出发了。"

## 3

1948年4月8日，中央军委收到一封"抗命"电报。

毛泽东十分震惊。

电报是粟裕发来的。

年初，为了推动战略进攻、改变中原战局，中央军委做出了分兵南进的战略决策。毛泽东于1月27日亲自致电粟裕："（甲）就现态势再休整半月，你率叶、王、陶三纵乘敌不备从宜昌上下游渡江。……以上三案各有优劣,请你熟筹见复。至于你率三纵渡江以后,势将迫使敌人改变部署,可能吸引二十至三十个旅回防江南。你们以七八万人之兵力去江南,先在湖南、江西两省周旋半年至一年之久,沿途兜圈子……以跃进方式分几个阶段达到闽浙赣,使敌人完全处于被动应付地位,防不胜防,疲于奔命。"

但身处战争第一线并且时刻关注战争全局的粟裕,却有着与中央军委和毛泽东截然相反的战略构想。抱着对党的事业高度负责的态度,粟裕经过深思熟虑,"斗胆"向中央军委直陈己见:"以华东野战军目前状况,最近即行出动渡江南进比较困难。""由于大兵团进入新区,远离后方,群众及地方工作不能很好配合与支援,加上装备、粮食等问题,都将是我军南渡后能否完成中央所给任务之关键。"他建议先在中原打几个大型歼灭战,尔后南下。

鉴于以上不同意见,毛泽东于4月21日电请粟裕来中央开会,"商量行动问题"。

粟裕立即从长江北岸的前线出发,日夜兼程,快马加鞭。4月30日,赶到毛泽东住地。

据当时在场的警卫人员李银桥、阎长林回忆,毛泽东一改会见党内同志从不迎出门外的习惯,大步走到院中央,同粟裕长时间握手。

"我们的英雄回来了！欢迎你！"毛泽东激动地说，"17年了啊，有17年没见面了吧？"

粟裕说："是的，17年不见了。"

17年前，粟裕只有二十三四岁，先后担任红十二军六十四师师长、红四军参谋长，参加三次反"围剿"，打了一个又一个胜仗。抗日战争时期，他指挥了著名的"黄桥决战"。毛泽东在延安评价说："这个从士兵成长起来的人以后可以指挥四五十万人马。"现在，这位当年的"青年战术家"已经成长为一位担负战略区指挥重任的战略家。解放战争打响后，是他，最早在苏中取得了七战七捷和莱芜战役的胜利，为扭转战局立下首功；去年，在粉碎国民党重点进攻中，又是他，在孟良崮击毙张灵甫，赢得最漂亮一战。

大将归来，怎不喜笑颜开！

毛泽东说："你们打了那么多漂亮的大胜仗，我们很高兴啊！你们辛苦了。"

粟裕说："主席，我向你负荆请罪来了！不知我的电报是否干扰了中央的决心？"

"中央的决心如果是正确的，你粟裕就是有三头六臂也干扰不了。这次请你来，就是要好好听听你的意见哩。"

当天下午,中共中央书记处扩大会议在城南庄举行,这是"五大书记"会合后的第一次全体会议。

会上,粟裕敞开胸襟,详细汇报了华东野战军三个纵队暂不渡江南进、集中兵力在中原黄淮地区大量歼敌的方案。他认为,以 10 万人进军江南,转战数省,面对异常强大的敌军,无后方支援,减员不会少于一半,剩下的四五万人难以对付敌人,同时也未必能吸引敌军主力回防,反而会分散兵力,削弱中原战场。与其如此,不如逐鹿中原,集中兵力打大仗,将国民党主力部队歼灭于长江以北。

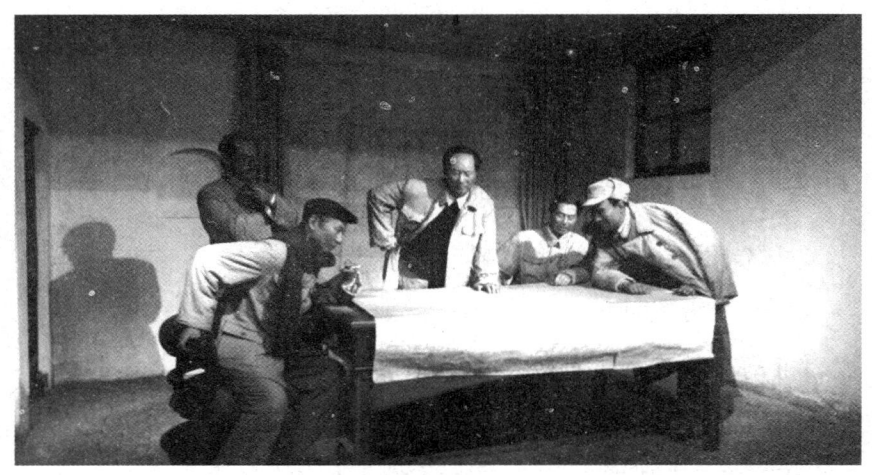

西柏坡纪念馆中的
"五大书记"蜡像
▲

粟裕斗胆直陈、情绪激昂，滔滔不绝……

突然，他发现屋里静悄悄的，只有火盆中的木炭"噼噼啪啪"爆响着，泛着猩红的光。毛泽东侧身仰躺在藤椅里，目光出神地盯着房梁，夹在手中的烟头上滞留着长长的一截烟灰……

粟裕只好站起身来，怔怔地望着大家。

毛泽东没有表态，大声说："粟裕，今晚我请你吃辣子鸡。"

…………

当天晚上，粟裕酒足饭饱，聂荣臻请他观看晋察冀文艺剧社演出的专场晚会。粟裕只得用力拿出闲情逸致，看起了文艺节目。

这时，毛泽东、刘少奇、周恩来、朱德、任弼时等人继续开会，进一步研究粟裕提出的方案，通宵未眠。

天亮时分，毛泽东走出烟雾腾腾的会议室，眉头舒展开来。中央已经决定：改变原来计划，同意粟裕方案！

后来的历史证明，这是一个无比正确的战略决策，描绘了以后淮海战役设想的最初蓝图。

之后发生的故事，大家都耳熟能详了。

正是淮海一战，决定了国民党彻底败亡的命运。

毛泽东说过，淮海战役，粟裕立下第一功！

## 4

在辽沈取得胜利,淮海战役即将收官之时,中共中央又把目光转向了华北。

傅作义集团50万兵力,沿北宁铁路和平绥铁路,分别驻扎在东起滦县、西迄张家口的500多公里的狭长地带,摆成一字长蛇阵。其战略意图十分明显:在立足固守的同时,随时可以南逃或西撤。

必须把傅作义集团就地消灭!

为了抢占先机,中央军委决定改变原定计划,命令东北野战军提前秘密入关。11月18日,毛泽东致电林彪:"望你们立即令各纵以一二天时间完成出发准备,于二十一日或二十二日全军或至少八个纵队取捷径以最快速度行进,突然包围唐山、塘沽、天津三处敌人,不使逃跑。"

与此同时,毛泽东等不及东北野战军入关,又命令华北野战军从西线向华北之敌开刀,包围张家口,断敌西逃之路。

随着东北野战军主力神兵天降,对华北之敌实行战略包围,傅作义只得把部队收缩到张家口、新保安、北平、天津和塘沽5个孤立地区,真正由"惊弓之鸟"变成了"笼中之鸟"。

战局瞬息万变,战机稍纵即逝。

中央军委火速制定了平津战役方针:"先打两头,后取中间。"

11月22日,杨得志部队攻克新保安;11月24日,夺取张家口。至此,傅作义集团西逃之路完全断绝。

1949年1月15日,东北野战军攻克天津。傅作义集团海上南逃之路也化为泡影。

大军压境,兵临城下,瓮中之鳖,插翅难飞。

1月17日,北平和平解放!

北平和平解放开启了一个模式。随后,湖南和平解放,绥远和平解放,新疆和平解放,云南和平解放……

# 5

毛泽东坐在西柏坡小院里梨树下的帆布躺椅里,上身穿着一件江青亲手编织的蓝毛衣,嘴里衔着一支本地生产的香烟,静静地仰望着天空。湛蓝的天空安谧详静,像一个辽阔的牧场,一群群雪白的羊儿在静静地啃青。50多岁的他,身体微微发福,但眼睛里仍然充盈着少年一般的期冀和新奇。

他突然问卫士长李银桥:"你看小韩这个人怎么样?"

韩桂馨是一位20岁出头的女孩子，与李银桥一样，是河北安平县人，两年前来到毛泽东家里做保姆。由于是老乡，又同在一起工作，两人彼此之间产生了一种朦胧的感情。

李银桥的脸一下子红烧，低下头，不言声。

毛泽东笑微微地点点头："你们可以多接触，多了解一些嘛。"

几天后，毛泽东再次悄悄问李银桥："你们谈得怎么样啊？"

李银桥仍是低着头，窘笑无语。

"不要封建哟，你们谈，我是赞成的。"毛泽东意味深长地说。

终于，李银桥有了一次"突破"的机会。原来，父母来信，在老家给他介绍了一个对象。李银桥心里空空的，去找毛泽东："主席，你看这事怎么办？"

毛泽东看完信，反问："你说怎么办？"

李银桥又一次低头不语。

毛泽东哈哈笑出声："银桥，你就是太老实，你就不会去问问小韩？"

李银桥心里一亮，慊慊地去找韩桂馨。

"小韩，你看看这封信。"李银桥观察着她的脸色，试探着问,"你看怎么办?如果,如果……我就推掉吧!"

"那就,那就推掉呗。"韩桂馨的脸,已经变成了西红柿。

李银桥的胆子骤然膨胀:"你代我写一封回信吧。"

韩桂馨背转身,怯怯低语:"你可真聪明……你也真傻,那么多人找我,我都没答应……"

李银桥把最新进展情况进行了汇报。

毛泽东兴奋地说:"谈下去,银桥,继续谈下去。你们都在我身边工作,又都是安平县的老乡,走到一起来了。要说缘分,这就叫缘分啊。"

1948年12月10日,李银桥和韩桂馨写了一份申请结婚的报告。不到两天时间,各级领导在报告上都做了批示,诸如:"大大好事,甚为赞成""完全赞成""同意并致贺意"……

# 6

南京和西柏坡,一个大都市,一个小山村。

这两个在各方面都极不成比例的地方,是当时世界的聚焦点。

毛泽东和蒋介石,在一个硕大的棋盘上拉开架势,全面较量：长江为界，举手运棋，落子无悔。

在毛泽东小院的西北角，有四间低矮的土砖房，这就是解放军总部兼军委作战室。

四间房子，总面积只有35平方米，里面摆放着三张桌子，一张归作战科，一张归情报科，一张归资料科。桌子上放着几部手摇电话机和军用电台，墙上挂满了军用地图和作战参谋绘图。

这的确是世界上最小的司令部。

就是在这里，毛泽东、周恩来、朱德等人和作战室全体人员一起，设计、研究、制定着全国数十个战场的作战方案。

这里的工作就是天天发电报。电报右上角大多标有"AAAA"，偶有5个A的，那是特急，刻不容缓，必须立即发出。毛泽东习惯于夜间工作，很多电报是夜间拟就的，并且多是特急，而各战场传来的电报多在白天。这样，中央机要室的工作人员就需要日夜不停地工作。

在哪里发报呢？就在西柏坡村西南1华里外的北庄。

电文主要由作战部部长李涛或参谋人员草拟，周恩来或毛泽东审定。重要电文则由周或毛亲自拟稿。电稿签发后，由两名参谋人员快马送去。深夜里，山路上，马蹄疾疾，在石头上磕碰得火星四溅。

电台架起来,天线颤颤地伸出去,隐形的密电码像风一样,越过千山万水,倏地便飞向了遥远……

三大战役期间,西柏坡共发出过多少封电报?有人说是197封,有人说是200多封,也有人说是400多封。2006年,在《毛泽东军事年谱》里,研究人员找到的答案是408封。相信随着史料的进一步解密,这个数字还会增加。

就是在这里,灯火彻夜长明。毛泽东和中共中央作为当时世界上最伟大的导演,组织谋划了包括辽沈、淮海、平津三大战役在内的24次重大战役,指挥着数百万军队,在数百万平方公里的土地上纵横驰骋,把人民战争中血与火的华彩乐章演奏得行云流水,惊天动地,绘成了中国战争史上一幅气势磅礴、波澜壮阔的画卷!

完全可以说,西柏坡时期,是中国解放战争进入大决战的最关键时期,也是中国数千年战争史上的最高潮时期!

历史,在这一刻,在这个小村的庭院里,上演了一场改变中国命运的皇皇大剧!

中国命运,决于此村!

# 鱼儿与水

## 1

　　清澈的水底，是滹沱河哺育的一枚枚五色的卵石。一群群灰褐色的小鱼儿，呼喊着，风风火火，跑来跑去，累得满头大汗，喘着粗气，像童年里村街上喧闹的孩子。困倦了，小鱼们就钻进石缝中，枕在石子上，闭住眼，睡觉，做朦朦胧胧的梦。梦里，小鱼们成了龙，成了凤，飞上了天，娶了嫦娥，坐了天庭，生下了龙子……

　　鱼是水的主人？水是鱼的主人？

　　互为主人，密不可分！

## 2

在西柏坡，流传着很多关于领导人的故事，且颇具传奇性。

采访中，我曾经与多位专家进行分析、考证。共同的感觉是：不少故事可能是在"文革"那个特殊年月中虚构的，不具合理性。所以，我在本书中不做采用。

因为当时正处于战争状态，村里绝大多数人并不知道"工校"的内幕，领导人的身份更是保密。而且由于战事极为稠密和紧张，毛泽东等人绝少有时间或闲情到村里村外散步，即使散步也大多在自家小院里或中央大院里。

但是，有几个故事是真实的，有据可查，且人证俱全。

中央大院门前有一片苇塘，夏天和秋天，青蛙极多。

此地有一种虎纹蛙，体态肥硕，浑身披满灰灰黄黄的花纹，虎头虎脑，嗓门奇高，整夜整夜"嘎嘎咕咕"地聒叫，影响大院办公和休息。警卫人员请求铲除芦苇，或捕捞青蛙。毛泽东说使不得，使不得，青蛙是益虫，老乡们已经听惯了，要尊重他们的风俗习惯。

这片苇塘里的千百个壮硕的青蛙们，兀自尽兴尽情地呼喊了一个夏天和半个秋天，直到寒露即降，老天爷才命令它们噤声闭嘴。而他们的听众,却是这个国家未来的第一代领导集体。

那年冬天,村民阎国三被请去帮毛泽东修炉子。收工时,毛泽东送他一盒茶叶。另有一次,两位农民在毛泽东小院里修房顶,毛还送给他们几盒当地生产的"海燕"和"飞马"牌香烟。只是当时,他们并不知道送礼的人姓甚名谁。

1948年9月的一个傍晚,毛泽东极偶然地到村外散步。

村民阎汝魁,在自家田埂上割完黄豆后,挑着扁担,沿田间小路回家,正好与一个魁梧高大者走了一个顶头。小路又窄又滑,无处躲闪。阎汝魁正要回身,只见那个大个子抢前向左猛跳了一步,像猴子一样,跳到稻地里的一个树墩上,为他让路。

阎汝魁愣在那里,不知如何为好。

大个子摆摆手,说:"老乡,你挑得很重,不要站着了,快走吧。"

当时的阎汝魁,并未意识到是毛泽东。但他记住了一个大个子,和他的相貌,还有他说话的口音。几年后,当西柏坡的秘密公开时,当看到毛泽东的照片时,他猛然醒悟。

# 3

村里还流传着一个"马啃树皮"的故事。

这个故事,有两个版本。当时中央机关在村民闫国三家里喂养着一群马匹,大都是从陕北带来的,供领导人和机关人员骑用。这部分马匹,管理有序,食料充足,并没有啃过村民的树皮。

真正"作案"的,是外来的马匹。那是土地会议期间,不少代表驻在外村,只能骑马而来。开会的时候,他们就把马拴在会场南面的一片小树林里。由于喂养不周,战马饥饿,啃咬了不少树皮。树干白森森的,像骨头。

第二年春天,一些柳树和杨树没有发芽。看到这些,刘少奇心里非常不安和愧疚,便责成行政处的何科长进行逐户调查赔偿。可乡亲们都不同意,树死了可以重栽,有什么要紧,开会搞土改是咱农民的大事,这点小事算什么?咱们同住一个村,这样做就显得太见外了。

但刘少奇仍然坚持赔偿。于是,有的赔了钱,有的赔了米。村长王树声绷着脸,什么也不要,行政处就硬是往他家送了两把椅子。

## 4

秋风涂黄。

周恩来院内梨树上的3个梨子成熟了,是雪花梨,拳头大。

周恩来让卫士长成元功把梨子送还房东阎中云。

成元功小心翼翼地把梨摘下后,用手绢包好,向房东家走去。

阎中云借住在村北面一户人家里,面对大兵上门送梨,怎么也不肯收下。他说这是你们管护几个月的结果,你们就拿去吃了吧。成元功向房东解释解放军的纪律,不拿群众一针一线,我们又是"工校"机关,更不能随便吃老百姓的东西。

虽然再三说明,老阎就是不收,并说如果再这样,他就要翻脸了。

万般无奈,成元功只好又把这3个梨拿了回来。

这一枚枚心形的黄澄澄的梨子,芳香着,微笑着,像一颗颗纯真的心,又像是一盏盏明黄黄的灯笼,照亮着素朴的山村,照亮着素朴的大山……

## 5

1948年春天的一个晌午,村民刘永久和儿子正在地里种谷子。

朱德路过这里,见他们父子俩有些吃力,便提出要帮他们拉耧。

刘永久认识这个人,是"工校"的董事,大家都称他"朱校董"。他连连摆手:"使不得,使不得,这是粗活儿,可不要闪了你们文化人的腰。"

朱校董哈哈一笑:"我也是种田出身,手把式也不差呢,不信咱们比一比。"说着,他一步上前,不由分说,熟练地把套绳搭到肩上。

这个结实的黑大个儿,果然有力气,像一头犍牛,迈开有力的步子,一连拉了七八个来回。原本笨重的木耧,在他强电流般的拉力下,立时显得轻松多了。

干了一阵儿,朱校董的头上渗出了细密的汗珠,微微飘浮着白气。他便坐在地头,一边用袖管擦汗,一边捧起主人的水罐,满满地倒了一碗,猛猛地喝了下去。

那一年,朱德62岁。

# 6

在西柏坡采访时,我终于找到了阎青海。

1948年夏天的一个傍晚,董必武和夫人何莲芝出门办事,猛然发现村头的石碾盘上放着一个两岁左右的孩子。

何连芝走近碾盘,猫下腰来,细细看一眼,立马惊呆了:这不是房东阎志林家的小青海吗?何连芝伸手摸一摸,孩子四肢僵硬,浑身冰凉,只是额头略有温热,嘴角微微抽搐。再仔细一看,孩子的身下铺有一块苇席,席片底下横放着一条麻绳儿。这是当地处理死婴的通常办法。

董必武急切切地说:"快,快送医院!"

何连芝抱起孩子,朝着中央医院设在东柏坡的医务所跑去。

阎青海,生于1946年6月,兄妹五个,排行老小,前些天因为食物中毒传染流行性脑脊髓膜炎,导致多日晕迷,水米未进,不省人事。那个年代,医疗水平极其低下,民间死婴弃婴现象十分普遍。青海母亲看到孩子已经不治,就大哭一场,用席子裹住,准备扔到苇地西头的水坑里,但毕竟于心不忍,只是把孩子放在了水坑附近的碾盘上。

医生经过诊断并紧急请示，决定使用特效药——盘尼西林。盘尼西林就是后来通称的青霉素，当时刚刚传入中国，是一种极其昂贵的特效药。几年前，白求恩大夫就是因为缺少此药而遗憾去世的。而当时中央医院里的盘尼西林，则更是中共特工部门从国民党占领区的上海市秘密购进的。

经过精心治疗，阎青海竟然起死回生了。

几天后的一个晚上，董必武夫妇抱着小青海，送回阎家。

阎家人简直惊呆了，他们以为孩子早就被野狗吃掉了。阎志林夫妇痛哭流涕，跪倒在董必武夫妇面前，坚持让孩子认"干爹"。

后来，两家果然结成了"亲戚"，董必武夫妇视小青海为自己的孙子，百般疼爱。新中国成立后，阎青海曾多次到北京看望，直接住在董必武家里。

董必武去世后，阎青海还与其后人保持着密切联系，直到今天。

…………

年近古稀的阎青海皮肤黝黑、干瘦，身体硬朗朗的。

他曾当过多年的村干部，如今购买了两条游船，搞起了旅游生意。2002年，时任中共中央总书记的胡锦涛参观西柏坡，还特地邀请他座谈……

# 7

毛泽东暂驻阜平县城南庄时，曾遭遇国民党飞机轰炸，险些遇难。但从此之后，他的踪迹就彻底消失在国民党的视线中。

蒋介石和傅作义只知道毛泽东等人就在石家庄西部的太行山里，却始终摸不清楚具体方位。间谍飞机和特务只能从人员往来较多的地方和不同于民房的建筑物中寻找目标。于是，傅作义曾轰炸过西柏坡村东南30多公里的地烟堡华北局机关，也轰炸过西柏坡村北10多公里处的讲里村天主教堂，却从来没有骚扰过西柏坡。

西柏坡村里有地主，也有富农，土改时期都受到过冲击，但由于政策合理，过程温和，都没有走向反面。北庄村里有一个齐姓大地主，是一位开明绅士，同情中共。周围数十个村里都有中央机关，形成了一个天罗地网，敌特难以立足，更难以渗透。

小村人的生活是平静的，温暖的。

一块块零零碎碎的田地，像球场，像炕面，铺在河滩上，或挂在山坡上，按照季节的时序，青青黄黄。驴子们是村民最主要的劳动伙伴和生产工具了，山道上的驴子，驴子的眼睛，善良的眼睛，默默无言的汗水，真诚的汗水。傍晚的时候，干了一天的驴子们，累了，饿了，便像孩子一样纷纷嚷着"吃饭、吃饭"，"回家、回家"……

西柏坡，像一颗石子，静静地酣睡在深山的皱褶里；又像一个粽子，被紧紧地包裹在层层的青叶里……

# 雏形

## 1

秋天到了,芦苇雪白了头,芦花飘满了天。

寒露割谷,霜降摘柿。仿佛一夜之间,满山的柿树上和酸枣枝上便挂满了一盏盏晕红的小灯笼,把整个西柏坡映照得红彤彤的。山民们在这一盏盏小灯笼的光亮下,开始了秋收。金黄色的玉米、金黄色的小兴、金黄色的柿子、金黄色的核桃、金黄色的土豆……

这些粗粗糙糙的东西,在山民们心中不啻一块块足赤的黄金呢。于是,他们的心中便填满黄金色的满足了。

改变最大的是核桃们，悄悄地褪去青皮，裂开细密的缝隙，裸露出了隐藏在生命最底部的秘密——金黄色的脑壳。

十月的核桃，一颗成熟的大脑！

## 2

石家庄，是中共在华北解放的第一座大城市，也是中共管理城市、建设城市的第一块试验田。

在保护、扶持私营工商业的同时，石家庄市人民政府还把国营、公营企业作为城市经济建设的基础和国民经济的领导力量，下大力气予以发展，而且在文化事业上也推陈创新，为这座年轻的城市注入了一股清新之风。到1948年底，仅仅经过一年时间，在这片战争废墟上，已是工厂轰鸣，商铺林立，一派繁荣景象了。

石家庄的解放，将晋察冀和晋冀鲁豫两大解放区连成一片，为合并成立华北局提供了条件。

最先提出这个建议的是刘少奇。他分析了多个解放区各自为政的弊害，提出在华北建立一个统一的政权，五指攥拢，呼应西北与华东战场。

## 雏 形

解放军某部攻打石家庄外围据点北冀村
▲

对于这个建议，毛泽东早有预见，在提议刘少奇出任北方局第一书记，逐渐统一华北财经的答复外，保留了军政分立。

刘少奇马上再次电陈：只合并党务、财经，而不合并军事、政府机构势不可能，并陈请朱德主持军事工作，董必武筹备政府工作。

一天之后，他接到了毛泽东复电：同意中央工委党政军财一律统一的意见。

接到电报，刘少奇信步踱出屋外，看到朱德正带着警卫员在大院内的试验田里锄草,便笑着搭讪:"你田里麦苗比我的那块壮多了。"

朱德回道:"我的试验田比你的可小多了,整个华北的地都不够你种的。"两人相视,开怀大笑。

# 3

1948年5月,华北联合行政委员会成立。

6月,召开两区参议员联席会议。

8月,召开华北临时人民代表大会,成立华北人民政府。

9月20日至24日,华北人民政府第一次委员会会议在平山县王子村召开。会议选举董必武为华北人民政府主席,薄一波、蓝公武、杨秀峰为副主席,并通过了各部部长,各会主任,各院院长、华北银行部经理及秘书长等的任命。

明眼人一看便知,这是未来中央政府的雏形。

中共中央对华北人民政府寄予厚望,明确交办的任务有三:

一、把解放区建设好,使之成为巩固的根据地;

二、从人力、物力上大力支援解放战争;

三、摸索、积累政权建设和经济建设经验，为新中国成立中央人民政府做组织上的准备。

# 4

抗战时期，中共各根据地相互分割，为了发展和繁荣经济，只能各自发行货币。晋察冀边区使用边币，晋冀鲁豫边区通行冀南币，东北有东北币，陕甘宁是农币，山东根据地则是北海币……

随着战局好转，各解放区相互贸易越来越多，便出现了货币摩擦：山东出产最"强势"的海盐，所以北海币比价最高；晋冀鲁豫的冀钞次之；西北地区因为物资最为匮乏，进口量大，发行的西北农币比价最低。因为各解放区财经不统一，结果冀鲁豫曾经抵制山东的海盐，冀南还扣押过冀中订购的煤炭。

负责华北财经工作的董必武于1947年底向中央报告说，各个解放区"互相建筑的关税壁垒，各区票币互相压抑抵制，商业上互相竞争，互相摩擦，忘记了对敌"。

统一财经，成为中央工委的当务之急！

豫鄂边区货币

冀南币

晋察冀货币

雏形

山东北海币
▲

陕甘宁农币
▲

西北币
▲

1947年6月，中央曾专门成立华北财经办事处，在涉县召开华北财经会议，开始着手解决这个难题。

各方经过多次商讨和协调，终于拟定了各解放区货币比价：山东北海币和晋冀鲁豫冀钞为1∶1，与晋察冀边币为1∶10。在这个框架下，各种货币逐渐初步确定了比价。

华北人民政府成立之后，最重要的工作，就是发行统一货币——人民币。

根据国内外纸币设计的惯例，统一货币往往会把执政党领袖或国家元首的头像作为券面主图，印在币面上。所以，人民币设计者在设计第一套人民币标版时，自然而然地把毛泽东像作为主图绘制在了人民币上。

毛泽东说："票子是政府发行的，不是党发行的。我现在是党的主席，不是政府主席，怎么能把我的像印在票子上，将来选举出政府主席再说吧。"

第二次设计时，币面上是解放区生产建设的图景，左边是南方的"水车"，右边是黑黝黝的"煤矿"。这一次，顺利通过了。

但钞票的正上方，需要写几个字：中国人民银行。

这个任务，最合适的执行人选，就是董必武。

董必武自幼随父读书，5岁时即能一字不落地背诵《三字经》，17岁时参加晚清最后一次科举考试，考中秀才，具有深厚的书法功底。

每天晚上，董必武从上班的王子村回到西柏坡住地后，都会点上煤油灯，仔细洗洗手，坐到桌前，拿起毛笔，开始书写。几天后，他已经写出几十张。他再一张一张地比较挑选。正在一旁纺线的夫人何莲芝并不十分明白这几个字的意思，迷茫地端详着。她只知道这几个字要印到钞票上，却不知道，这张钞票，将要风行全国，将要统一整个中国的财政，将要走进家家户户，影响和支配每一个国民的生产、生活和生命。

是的，董必武这几个筋骨劲拔的手书汉字，已经成为中国历史上发行量最大的书法作品，伴随着各版人民币，直到今天。

新中国成立后，毛泽东当选中央人民政府主席。时任中国人民银行行长的南汉宸就钞票设计问题再次请示。毛泽东笑一笑：主席是当上了，但仍然不能印。进城前开会（中共七届二中全会）已作了决议。这时，南汉宸终于理解了毛泽东拒绝把自己头像印在人民币上的真正原因。

这也是在毛泽东生前，人民币上从未出现领袖像的原因所在。

当然，这是后话。

# 5

1948年11月20日，刘少奇在审阅106期新华社电讯稿清样时，陷入了深思。思维的羁绊，是一条标题："迅速展开东北职工运动"。

文章内容是东北解放后，各工厂企业如何迅速开展群众运动，进行工厂管理，恢复和振兴经济，等等。

刘少奇沉思良久，断然批示："此篇不要发表！"

接着，他写道："如何建设工业，如何管理经济，如何作生意，使经济周围适当迅速，这是要向内行人向专家向商人学习的，不能只笼统地说'向群众学习'。"

京津等大城市解放在即，新中国成立后面临的最大问题就是如何在战争废墟上恢复经济，这其中最主要的难题是如何领导工业，发展工业，振兴工业。但工业管理是专业的、科学的，必须要尊重科学，尊重人才，尊重权威，发挥专家的作用。而这些专家、这些权威、这些技术都是国民党时期培育形成的。这是一个客观存在，也是一个历史传承。中共接收后，如何对待，如何利用，是一个大大的问题。如果在这方面一味地提倡群众运动，夸大群众运动的作用，势必冷淡和挫伤这个人群的情感和积极性。而这个人群，恰恰是最宝贵的专业技术的核心掌握者。《人民日报》是党的喉舌，传达的是中共的态度和思想，发行量已经达到44000份，覆盖各大解放区，影响深广。

我们必须树立一个正确的舆论导向！

刘少奇是公认的工人运动领袖，对工人、工厂和工业有着天然的兴趣。

应该说，他的经济思想是清醒的，成熟的。

共产党人，已经在全面地、具体地、深入地考虑建国之后的工业发展了。

# 6

1949年2月22日下午，傅作义来到西柏坡。

春寒料峭，但毕竟已经是春天了。

这个与共产党打斗半生，双手沾满共产党鲜血的国民党上将，这个轰炸城南庄、偷袭石家庄的策划者，这个被中共列为43号头等战犯的"华北王"，揣着一颗忐忐忑忑的心，走近了毛泽东的住所。

过去，他曾经多次狂妄地断言："共产党不适合中国，如

1949年2月23日,周恩来(右一)在西柏坡接见傅作义(右三)、邓宝珊(右二)

果共产党能取得胜利，我情愿去给毛泽东当一个小的秘书。"

可如今？

出发的时候，他听说毛泽东爱抽烟，便特意携带了10多条北平生产的哈德门香烟。

这时，一阵脚步响，一阵笑声来。毛泽东乘车专程登门看望。

傅作义迈步迎上。这是他第一次见到毛泽东，心里紧张，无意识中"啪"地行了一个军礼。

毛泽东的一双手也伸了出来，热乎乎的。

两个人像老朋友似的，开始谈论、聊天。

吃饭时间到了，毛泽东忽然问："宜生，建国后你想干什么？"

傅作义怔了："我有罪啊！"

毛泽东说："假如你过去有错的话，那么现在功过权衡，还是功大于过，也是有功人员。"

傅作义说："最好让我回河套一带，做点水利建设方面的工作。"

毛泽东愣了一下："你对水利感兴趣？不过，河套工作面也太小了，将来你可以当水利部长嘛。"

# 7

1949年1月31日凌晨，一架苏联军用飞机降落在石家庄机场。4位苏联客人走下飞机，乘坐美国吉普车向西柏坡疾驰。

斯大林对中共的态度，一直明明暗暗，反反复复。土地革命时期，苏联曾对中共提供帮助，但始终以老子党自居；抗日战争前期，苏联向中国提供了一些援助，对象却是国民党政府；抗战胜利时，他又与蒋介石政府签订了《中苏友好同盟条约》；解放战争开始后，斯大林对中共力量做出了悲观估计。

虽然如此，苏联毕竟是世界上第一个社会主义国家，有很多经验值得学习。而且，随着中国战局的发展，斯大林也正在调整自己。

1949年1月14日，斯大林再次来电："我们主张您暂时推迟对莫斯科的访问，但如若您愿意，我们可以派一位负责的政治委员到你处晤谈。"

于是，米高扬来到了西柏坡。

毛泽东穿着鼓鼓囊囊的土灰色棉袄，正站在村口迎接。

米高扬潇洒地敬了一个俄国军礼："我们是受斯大林同志委托，来听取中共中央和毛泽东同志意见的，我们只带了两个

毛泽东在西柏坡
接见米高扬
▲

耳朵来听,不参加讨论决定性的意见。"

毛泽东握着米高扬的手说:"欢迎!欢迎!"

毛泽东的屋里过于狭窄,除了一个沙发和几把椅子,没有地方洗脸。工作人员只得把几个盛水的脸盆放在屋外的地面上。米高扬等人在院里洗脸后,才走进屋内。

米高扬在西柏坡停留一个星期。毛泽东和他长谈了三次,话题涉及方方面面。

米高扬一边听着、记着，不时站起来活动一下冻得发麻的双脚。在苏联，即使在乡下，虽然气候更加寒冷，室内都有完备的供暖系统，而这里……唉，中国还是太落后了。

毛泽东兴致飞扬地继续对米高扬说："我们这个家，屋内太脏了，柴草、垃圾、尘土、跳蚤、臭虫、虱子什么都有。解放后，从屋角到门窗缝，把那些脏东西通通打扫一番。等屋内扫清洁、干净，有了秩序、陈设好了，再请客人进来。"

说到这里，毛泽东风趣地说："我们的真正朋友，可以早点进屋子来嘛。"

毛泽东这里所说的"扫净屋子再请客"，和后来阐明的"另起炉灶一边倒"方针，构成了共和国最初的外交原则。

之后的三天，米高扬同刘少奇、任弼时、朱德和周恩来分别会谈。

为了表达主人的盛情，工作人员特意从石家庄买来上等的汾酒和葡萄酒，又从滹沱河里捕来鲜鱼，做成红烧鱼、溜鱼片款待客人。

米高扬喝白酒就像喝白水，毛泽东沾酒就脸红，刘少奇只能用小盅喝一点儿。朱德有喉炎，任弼时高血压严重，都不能喝酒。周恩来算是大酒量了，但也不像米高扬那样，大半杯白酒，一口气就能灌下去，而且频频举杯邀酒。

毛泽东不喜欢看苏联人大出风头，不一会儿工夫，就招呼盛饭："吃饭了，吃饭了，尝尝我们滹沱河里的鱼。"他还笑着说："我相信，一个中药，一个中国菜，这将是中国对世界的两大贡献。"

# 8

中苏结盟的重要基础是在政治和军事上对付美国的威胁。

中国共产党在夺取政权和巩固政权的斗争中，需要苏联政府的支持和援助，而苏联在处于冷战状态的国际背景下，也需要借助中国在亚洲牵掣美国势力。正如韦斯塔教授所言，中苏友谊的内容首先是作为一种反美联合，或者说是一种在全球范围内反对资本主义制度的联合。

在这一点上，中苏双方的需求是共同的，相互的。

但中共与苏联结盟还有一个经济上的原因，即在恢复经济、发展生产过程中需要大量援助。这个要求在新中国成立之初，显得尤其迫切。半年之后，刘少奇访苏，签订经济合同，引进156项重大装备。新中国成立的第一天，苏联第一个承认中国的合法地位。而且，斯大林承诺的3亿美元贷款，也随着中苏通邮、通电、通航的喜讯拨到了中央人民政府财政部，成为启动这部国家机器的强劲动力。

与苏联结盟，是青涩的，也是必须的。

# "两个务必"

## 1

1949年2月23日,毛泽东致电罗瑞卿:"请从你兵团即调一个较好的团来警卫中央机关,等中央迁移时即行归建。"同时,另电林彪、罗荣桓、聂荣臻:"为加强中央机关的警卫,防敌空袭及伞兵袭击,除令第十九兵团调一个团来中央警卫外,拟从四野炮纵抽调高射炮四至六门,配齐人员附属装备即来中央。"

虽然大局已定,但江南还有大量国民党军队,且具备完整的空军力量。附近100多公里之外还有国民党的残余部队没有肃清。共产党的全部领导人聚集于此,必须确保万无一失。

1949年3月5日下午3时30分,中国共产党七届二中全会，以一种低调、俭朴、保密、家常的形式，在西柏坡中央机关食堂召开了。

这是我党在解放战争时期召开的唯一的中央全会。

阳春三月，风和景明，空气中弥漫着一股清新的味道，那是惊蛰的生命正在悄悄苏醒。

一部老式摄影机为历史留下了几帧没有色彩的珍贵镜头。

毛泽东身穿厚厚的棉袄，腰间扎皮带，昂首阔步走来。高大的身躯几乎超过门楣，就在他低头进屋的一刹那，侧脸看了一眼镜头。紧接着，周恩来、朱德、刘少奇、任弼时等带着不同的表情走过摄影机。留在镜头里最幽默的肖像是贺龙，他的老烟斗和一撇小胡子，加上一双笑眯眯的小眼睛，困惑地盯着摄像机，有些像卓别林……

会场中央的主席台上，覆盖着一张林彪带来的东北花斑虎皮。

没有鲜花，没有桌签，更没有麦克。台下的座位是一排排小板凳，没有座次，大家随便坐。

"两个务必"

# 2

毛泽东在会议第一天所做的报告中说:"二中全会是城市工作会议,是历史的转变点。"

"从一九二七年到现在,我们的工作重点是在乡村,在乡村聚集力量,用乡村包围城市,然后取得城市。采取这样一种工作方式的时期现在已经完结。从现在起,开始了由城市到乡村并由

毛泽东在七届二中
全会上做报告
▲

城市领导乡村的时期。党的工作重心由乡村转移到了城市。……必须用极大的努力去学会管理城市和建设城市！"

秋收起义，毛泽东率领工农红军走上井冈山，建立了第一块农村革命根据地。这是中国革命从"城市中心论"到"农村包围城市"理论的第一次转移。

为了第一次转移，中共付出了多大的代价啊！党内不少人反对，国际共产主义指责，几任主要领导人折戟，十数万红军殒命，但毛泽东和一批坚定的共产党人顽强地坚持这条道路。经过20多年的浴血奋斗，最终从实践和理论上证明，这就是中国革命的根本规律！

现在，革命胜利已经到来，一个个城市回到了人民的怀抱。接管城市，领导城市，建设城市，通过城市发展促进全国发展，一个新的历史阶段已经到来。

党的工作重点，必须再次进行一次根本性的转移：由农村转向城市，由农业转向工业。

只是，20多年来，中国共产党工作在农村，兴旺在农村，面对陌生的城市，他们能适应吗？

中国的国情严峻地摆在面前：工农业总产值中，工业只占百分之十，农业占到百分之九十。

如何使中国由一个落后的农业国，尽早地变为一个先进的工业国，这是摆在中国共产党面前的最大的历史任务！

如何开始着手各项建设事业？

会议号召全党同志必须全力学习工业生产的技术和管理方法，学习和生产有密切联系的商业工作、银行工作和其他工作。只有将城市的生产建设工作恢复和发展起来了，将消费城市变成生产城市了，并使工人和一般人民的生活有所改善，我们的政权才能够巩固。否则，党和人民就不能维持政权，就会站不住脚，就会失败。

另外，全会还确定了党在全国胜利后的政治、经济、外交等方面的一系列方针政策。

会上，周恩来就目前的财经、金融、交通、工业等方面发表

◀ 朱德（左一）在七届二中全会上做报告

了系统意见。

这明显已是一位政府总理的角色了。

# 3

七届二中全会响彻历史时空中最响亮的声音，无疑是明确提出了"两个务必"的重要思想。

长期革命战争和地下斗争的艰苦环境，一方面造就了大批忠于党的事业，勤政廉洁的好党员、好干部；另一方面，在每一个历史转折关头，特别是在形势顺畅的时候，总有一些意志动摇的人和投机革命的人，在骄傲情绪和享乐主义思想的影响下，走上腐败道路。因此，党从幼年开始，便格外注重党风廉政建设。

1926年8月4日，中共中央发出《关于坚决清洗贪污腐化分子的通告》："在革命潮流仍在高涨时，许多投机腐败分子均会跑到革命队伍中来，一个革命党若是容留这些不良分子，必定会使党陷于腐化，不仅不能执行革命任务，且将为群众所厌弃。所以应该坚决地清洗这些不良分子，同他们作坚决的斗争，才能巩固革命营垒，才能树立起党在群众中的威信。"

这是中国共产党颁布的第一个惩治贪污腐化分子的文件，严正地表示了对腐败现象"零容忍"的决绝态度。

1929年1月，毛泽东、朱德率领红四军主力部队开辟了赣南、闽西革命根据地，形成了比井冈山时期更加高涨的革命局面。

但是，随着根据地的稳定，在红四军党内、军内以及根据地政权中逐渐产生了一些消极腐败现象。有的人不愿意在艰苦的乡村创建根据地，还有少数人置军令军纪于不顾，带着钱财，擅自出走，到大城市去享受。

1931年11月7日，中华苏维埃共和国第一次全国工农兵代表大会在江西省瑞金县叶坪村隆重召开，中国有史以来第一个红色政权——中华苏维埃共和国临时中央政府宣告成立。中国历史上第一次出现了代表人民利益、努力为人民服务的廉洁政府。

与此同时，苏维埃政府中少数干部的腐败现象浮出水面。他们乱用公款，挥霍浪费，甚至侵占、贪污。瑞金县机关一个月内用纸费达200余元（银圆），灯油费126元（银圆）。特别是苏维埃首府机关所在地——叶坪村苏维埃政府主席谢步升，竟然利用职权，贪污财物，并偷盖苏维埃临时中央政府管理科公章，伪造通行证，私自贩运物资，牟取私利。

毛泽东坚定地说："腐败不清除，苏维埃旗帜就打不下去，共产党就会失去威望和民心！"

1932年5月9日下午3时，经中华苏维埃共和国临时最高法庭判决，谢步升被枪决。

谢步升，成为中华苏维埃共和国临时中央政府惩治腐败的第一只"老虎"！

…………

1937年，抗日战争全面爆发后，国共两党实现第二次合作。中共领导人民在敌后和边区建立了大片抗日根据地，成立了"三三制"民主政府，并制定了《惩治贪污条例（草案）》。但是，好景不长，贪图享受、贪污腐化现象还是出现了。

红军抗日军政大学第三期第六队队长黄克功，少年时代即参加红军，经历了井冈山斗争和二万五千里长征，曾是年轻的红军旅长，屡立战功。1937年10月，黄克功对陕北公学女学生刘茜逼婚未遂，开枪将其打死。

案发，立即轰动延安。一部分人认为，黄克功从小参加红军，对革命有过重大贡献，在此民族危难关头，应对他免除死刑。

中共中央指示组成特别审判庭，对此案进行了认真研究和审判，最后决定判处黄克功死刑，并立即执行。

毛泽东说："黄克功过去斗争历史是光荣的，今天处以极刑，我及党中央的同志都是为之惋惜的。但他犯了不容赦免的大罪……正因为黄克功不同于一个普通人，正因为他是一个多年的共产党员，是一个多年的红军，所以不能不这样办！"

…………

1940年，是陕甘宁边区经济最困难的年头。

陕甘宁边区贸易局副局长萧玉璧，到清涧县张家畔税务所担任主任。萧玉璧战功赫赫，伤痕累累，仅身上留下的伤疤就有90多处。

但是上任后，萧玉璧居功自傲，贪污受贿，利用职权私自渔利，甚至把根据地奇缺的食油、面粉卖给国民党部队。

边区法院依法将其判处死刑。

萧玉璧不服，向毛泽东求情。

边区政府主席林伯渠说："他写了一封信，要求看在过去作战有功的情分上，让他上前线，战死在战场上。"

毛泽东说："你还记得黄克功案件吗？"

林伯渠说："忘不了。"

毛泽东说："那么，这次和那次一样，我完全拥护法院判决！"

……………
这一切，在毛泽东的记忆里，如黄钟大吕，永远响震。

# 4

毋庸置疑，1945年7月的那一幕，更令毛泽东难以忘怀……

那是1945年7月1日，黄炎培与褚辅成、傅斯年、章伯钧、左舜生、冷遹从重庆乘坐飞机访问延安。彼时，抗战胜利曙光初现，然而战后的中国，将会走向何处，更令国人担忧。这年春夏之交，中国共产党和中国国民党都召开了全国代表大会，对战后中国政局走向做出构想，而事关战争与和平的国共和谈正处于僵持阶段。在此背景下，黄炎培等六位国民党参政会参政员来到了延安。

延安的山水、人物等万千气象，让黄炎培耳目一新，倍感振奋。

街道是整洁的，无论男女均气色红润，穿制服，尤其女子，短发，秀硕，有一种蓬勃的朝气。当地老百姓衣服也很整洁，衣料是蓝或白的土布，没有看见一个游手好闲者。

对延安的生产、教育、医疗、金融等方面，黄炎培也都用心观察、访问。"政府对于每个老百姓的生命和生活好像都负责的""公务员的衣食用品都是国家供给的""作家特别优待，例如作家领取纸笔，不加限制"。特别是对中共将领的印象，黄炎培更是出乎意料："这几位先生都是从沉静笃实中带着些文雅，一点没有粗犷傲慢样子。"

短短几天工夫，黄炎培对延安的精神风貌、物质条件、社会生活都有了一个详细的了解。

7月4日，毛泽东邀请黄炎培到自家窑洞中做客，恳请谈一谈考察的感想。

两人推心置腹，谈话至深夜。

黄炎培耿直、坦诚："我生六十多年，耳闻的不说，所亲眼看到的，真所谓'其兴也浡焉'，'其亡也忽焉'，一人，一家，一团体，一地方，乃至一国，不少单位都没有能跳出这周期率的支配力，大凡初时聚精会神，没有一事不用心，没有一人不卖力，也许那时艰难困苦，只有从万死中觅取一生。既而环境渐渐好转了，精神也就渐渐放下了。有的因为历时长久，自然地惰性发作，由少数演为多数，到风气养成，虽有大力，无法扭转，并且无法补救。也有为了区域一步步扩大了，它的扩大，有的出于自然发展，有的为功业欲所驱使，强求发展，到干部人才渐见竭蹶，艰于应付的时候，环境倒越加复杂起来了。控制力不免趋于薄弱了。一部历史，'政怠宦成'的也有，'人亡政息'的也有，'求荣取辱'的也有，总之没有能跳出这周期率。中共诸君从过去到现在，我略略了解的了，就是希望找出一条新路，跳出这周期率的支配。"

"其兴也浡焉""其亡也忽焉""人亡政息"均出自中国古代经典著作。这一番话，充分显示了黄炎培对历史兴衰规律的深刻观察和洞见，娓娓道来，却如石破天惊。

面对黄炎培的询问，毛泽东感慨万千。

他稍加思虑，真诚回答："我们已经找到新路，我们能跳出这周期率。这条新路，就是民主。只有让人民来监督政府，政府才不敢松懈。只有人人起来负责，才不会人亡政息。"

黄炎培十分赞同毛泽东的答话："这话是对的。只有大政方针决之于公众，个人功业欲才不会发生。只有把每一地方的事，公之于每一地方的人，才能使地地得人，人人得事。用民主来打破这周期率，怕是有效的。"

黄任之问得高妙，毛润之答得绝妙！

这无疑是一幅动人的历史画卷，同时也更是一个严峻的现实问题——每一个执政党必须回答的深刻命题。

一夜倾心谈，千秋窑洞对！

…………

# 5

几年过去了,中国革命胜利在即。

毛泽东的心中充满了喜悦,但更多的是沉重。博览群书、博古通今,具有长期丰富革命斗争经历的他,现在面对和思虑最多的,除了那位与之拼打了近三十年的蒋介石,还增加了那个已经去世三百多年的"李闯王"。

明末,以李自成为领袖的农民起义军在人民群众的支持下,所向披靡,经过16年血战,终于推翻了明王朝。1644年,李自成占领北京。但是很快,起义队伍就发生了质变。关外大敌虎视眈眈,他却熟视无睹,听任数十万大军在京城饮酒作乐,纵声色、夺名利、掠财物、杀功臣,"纵贪横于京畿",折腾得民怨沸腾。一支能征善战的大军,进占北京仅仅43天即彻底腐朽,变成了一群乌合之众,当吴三桂勾引清军,兵临城下,顷刻间便土崩瓦解。

这一幕悲剧,常使历史老人慨叹唏嘘。

…………

1943年3月,国民党抛出蒋介石署名的《中国之命运》一书,并利用行政手段强制国民阅读。该书以貌似公允的立场总结明朝灭亡的教训,鼓吹满族之所以征服中国,皆因明末"党派倾轧"和"流寇横行",认为三百年明室是在李自成、张献忠等"流寇"和满族八旗兵的"内外交侵下,竟以覆灭"的,妄图借古喻今,影射和诋毁中国共产党。

对此,中共中央迅即做出反应。毛泽东多次电示中共南方局,要求组织文章回应,从学术上批驳。随即,南方局派出乔冠华找到郭沫若,委托其以纪念明亡三百周年为主旨撰写文章。于是,郭沫若花月余时间搜集资料、整理思路,几易其稿,最终完成近两万字《甲申三百年祭》,并刊发在1944年3月19日(明朝亡国之祭日)至22日《新华日报》的"新华副刊"上。文章以大量有据可考的史实,论证明亡的根本原因在于明室专制和政治腐败,造成官逼民反,外族乘虚而入,巧妙地回应了所谓明亡始于"寇乱"的谬论,尖锐地把如何吸取历史教训,从制度上找到防止为政者腐败的规律提到了人们面前。4天的连载,引发了全国军、政、学界的巨大震颤。

《甲申三百年祭》发表后,很快传到延安。1944年4月12日,毛泽东在中共中央西北局高级干部会议上做《学习和时局》报告时说:"我党历史上曾经有过几次表现了大的骄傲,都是吃了亏的。近日我们印了郭沫若论李自成的文章,也是叫同志们引为鉴戒,不要重犯胜利时骄傲的错误。"

6月7日,根据党中央、毛泽东的指示,中共中央宣传部和军委政治部联合发出通知。党中央决定将《甲申三百年祭》作为全党整风文件，要求全党学习："郭文指出李自成之败在于进北京后，忽略敌人，不讲政策，脱离群众，妄杀干部……实为明末农民革命留给我们的一大教训。"

同年11月21日，毛泽东还致信郭沫若："你的《甲申三百年祭》，我们把它当作整风文件看待。小胜即骄傲，大胜更骄傲，一次又一次吃亏，如何避免此种毛病，实在值得注意。倘能经过大手笔写一篇太平军经验，会是很有益的；但不敢作正式提议，恐怕太累你。"

…………

与李自成如出一辙，洪秀全与太平天国的领袖们在定都天京之后，也沦陷到腐败和安逸之中。无论洪秀全还是杨秀清，其贪婪、奢侈程度较之他们革命的对象均有过之而无不及。大敌在北，他却只派出两万部队北伐，而自己在南京城大修天王府宫殿，所用兵丁竟达10多万。

洪秀全宣扬"天下多男人，尽是兄弟之辈；天下多女子，尽是姊妹之群"。但是，他所谓的平等，只是遮人耳目的帷幕。在这帷幕之后，他自己拥有88个嫔妃，他十几岁的儿子也娶了4个老婆。而与此同时，他却不允许"兄弟姊妹"合家团聚。

洪秀全在起义之初，尚能与兵士相亲相近，但在武宣东乡

毛泽东在七届二中
全会上做重要讲话
▲

称王之后，便开始养尊处优。及至定都南京，他更是多年深居宫内，与世隔绝，以致清军一直以为洪秀全只不过是太平天国虚拟的一尊偶像。可见其"脱离群众"到了何等程度！

# 6

现在，此刻，在西柏坡，在七届二中全会上，历史和现实的经验和教训，如烟雾蒸蒸，在眼前翻腾，似雷鸣滚滚，在心头炸响。

于是，毛泽东用浓重的湖南口音，极具预见性地做出了历史性的分析和沉重的判断：

"因为胜利，党内的骄傲情绪，以功臣自居的情绪，停顿起来不求进步的情绪，贪图享乐不愿再过艰苦生活的情绪，可能生长……可能有这样一些共产党人，他们是不曾被拿枪的敌人征服过的，他们在这些敌人面前不愧英雄的称号；但是经不起人们用糖衣裹着的炮弹的攻击，他们在糖弹面前要打败仗。我们必须预防这种情况。"

接着，他语重心长地向全党发出了振聋发聩、斩钉截铁的告诫：

七届二中
全会会场

"夺取全国胜利,这只是万里长征走完了第一步。如果这一步也值得骄傲,那是比较渺小的,更值得骄傲的还在后头……中国的革命是伟大的,但革命以后的路程更长,工作更伟大,更艰苦。这一点现在就必须向党内讲明白,务必使同志们继续地保持谦虚、谨慎、不骄、不躁的作风,务必使同志们继续地保持艰苦奋斗的作风。"

于是,"两个务必",轰然出世!

# 7

后来的学者们，在总结西柏坡精神的时候，曾梳理出一套完整的理论：两个"敢于"（敢于斗争，敢于胜利）的革命精神；两个"善于"（善于破坏旧世界，善于建设新世界）的科学精神；两个"坚持"（坚持依靠群众，坚持团结统一）的民主精神……

但西柏坡精神在历史长河中最闪光的内核，只能是"两个务必"！

…………

打碎旧的国家机器不容易，建设新的社会制度更艰难。

为什么我们的国歌选定《义勇军进行曲》？为什么我们每天都在反复吟唱"中华民族到了最危险的时候"？就是要时时警醒，时时激励，时时自勉。

"两个务必"，永远务必！

# 8

有人说，西柏坡是一个箩筐，箩筐里盛装着太多太多的秘密和宝藏。中国共产党肩背着它，走进了城市，走向了强盛，走向了未来！

历史，不会忘记西柏坡！

历史，不能忘记西柏坡！

# 新中国从这里走来

## 1

又是3月。

撤出延安是1947年3月，东渡黄河是1948年3月，进驻北京又是3月——1949年3月。

历史似乎是在按照设定的程序悄然运行，就像这大自然，从冬天悄无声息地就过渡到了春天，竟然没有一丝痕迹。似乎只在转眼之间，河醒了、树绿了、花开了……

但，时节确实变了，时代确实变了。

# 2

公元 1949 年 3 月 23 日上午。

毛泽东听完广播，吃完早饭，已经 11 点了。11 辆吉普车和轿车，以及 10 多辆大卡车，都已准备就绪，停在门外，准备向北平进发。

看着长长的车队，毛泽东意味深长地对周恩来说："今天是我们进京'赶考'的日子！"

周恩来说："是啊，我们应当考试及格，不要退回来。"

毛泽东稍稍沉思了一下："退回来就失败了。我们决不当李自成！"

接着，按照警卫人员的安排，毛泽东穿上塑料雨衣，戴上一副挡风眼镜，上车。3 月的北方，正是风沙季节，更兼全程土路，车队走过，黄沙滚滚，滚滚黄沙……

即将离开西柏坡，毛泽东的心中有着浓浓的留恋。是的，这里是他坎坷人生的福地啊，是他征战岁月的最后一驿啊，是他事业最辉煌的丰碑啊。他心事重重地看着车窗外缓缓后退的街景，那是历史的烟云，那是凝固的记忆……

搬家的队伍里，还带着几十匹战马，其中还有他转战陕北时的坐骑。这些战马，大都是从延安带来的，还要带到北平。为什么呢？还需要进山打游击吗？

当然不是。

但仍然要带上。

那是一种情怀，一种习惯，更是一种自省……

# 3

前方就是北平。

哦，北平，五朝皇城，中华之都，天地日月，社稷神坛。那高峙的箭楼，暗红的宫墙，微笑的国槐，喷香的臭豆腐。离开 30 年啦，那时他还是北京大学图书馆里一个默默无闻的协管员。这些年，他一直奔波在人烟稀少苦寒贫瘠的山沟里，努力实践着自己的宏大理想。多少血雨腥风过去，而今柳暗花明而来，群山遮不住，毕竟东流去，中国的红色政权，终于乘坐着现代化的汽车，追风赶月地驶进了北平……

赶考，他再次想到了赶考。

毛泽东在西苑机场阅兵

李自成，他再次想到了李自成。

他会不会重蹈李自成的覆辙呢？现在不会。但将来呢？

毛泽东最清楚，他的战友们和队伍里是一群什么样的人。

经过20多年的战火硝烟、枪林弹雨，很多人牺牲了，很多人掉队了，很多人叛变了，只有这些人硬邦邦地走过来了。无疑，他们是坚定的。

但他同时也清醒地知道，几千年的小农意识和封建思想，对近200万共产党员的影响有多么深刻！

他曾将农民称为中国革命的主力军。这是一个十分准确的定位，农民不仅是新民主主义革命的主力军，也是旧民主主义革命的主力军。但是，中国农民存在着许多严重的自身难以克服的缺陷：皇权主义、帝王思想、流寇思想、绝对平均主义、山头主义、享乐主义、个人主义……他们痛恨不平，但自己拥有强烈的占有欲；他们痛恨皇帝，但自己也想着做一回皇帝；他们痛恨政治腐败，但自己也羡慕奢豪腐化的生活。

从这个意义上说，他们的确又是一群穿军装的农民，与当年李自成的大顺军并没有本质的区别。

而，居住在北平的，又是一个什么样的城市人群呢？

那是一双双见过大世面的雪亮眼睛，那是一个个经历过大场合的智慧脑袋。他们是最实惠的、最聪明的，也是最善于变化的。当年，他们曾欢迎李自成进城，不久后又迎接多尔衮进城；30多年前，他们曾迎接北洋军阀进城；12年前，他们又迎接日本人进城；4年前，他们迎接国民党军队进城……

对于这一切，毛泽东是最清楚的，也是最清醒的，更是最忧心的。

他再次想到了黄炎培，想到了"窑洞对"，想到了"周期率"。

可畏的"周期率"！

可敬的"周期率"！

# 永远的赶考

## 1

马蹄声远,辉煌影近。

青春的中国共产党,就像一个进京赶考的青衿学子,背着行囊,黎明起身,踏着曙色,匆忙赶路……

## 2

1951年,新中国成立伊始,各地便发生了惊人的贪污浪费和官僚主义现象。有鉴于此,12月1日,《中共中央关于实行精兵简政、增产节约、反对贪污、反对浪费和反对官僚主义的决定》颁发，指出："自从我们占领城市两年至三年以来，严重的贪污案件不断发生，证明一九四九年春季党的二中全会严重地指出资产阶级对党的侵蚀的必然性和为防止及克服此种巨大危险的必要性，是完全正确的。现在是全党动员切实执行这项决议的紧要时机了。再不切实执行这项决议，我们就会犯大错误。"

于是，新中国"反腐第一刀"——刘青山、张子善腐败案訇然而出。

刘、张案发后，河北省委组成"调查处理委员会"，赴天津专区彻查。此后不久，华北局向中央提出处理意见："我们原则上同意将刘青山、张子善二贪污犯处以死刑（或缓期两年执行），由省人民政府请示政务院批准后执行。"

周恩来将报告送交毛泽东并征求意见。毛泽东说出两个字："死刑！"

据薄一波回忆，在最高人民法院的判决书下达之前，刘青山、张子善的一位老领导找到薄一波说，两人虽然错误严重，罪有应得，但考虑到他们在战争年代出生入死，有过功劳，在干部中影响较大，是否可以向最高领导层说一说，不要枪毙，给他们一个改造的机会。毛泽东在听了薄一波转述的意见后，沉思片刻，说了这样几句话："正因为他们两人的地位高，功劳大，影响大，所以才要下决心处决他们。只有处决他们，才可能挽救二十个、两百个、两千个、两万个犯有各种不同程度错误的干部。"

而后，毛泽东对身边工作人员下了命令："凡是为刘青山、张子善讲情的人，我一律不见！"

两声枪响如同惊雷，昭示着中国共产党对贪污腐败绝不容忍、绝不姑息的态度，表明了中国共产党保持党性、维护纯洁的坚强决心！

正是这种不徇私情、严惩腐败的决心和行动，打消了人们对中国共产党的疑虑。截至1952年1月，全国共查出贪污旧币1000万元以上的贪污犯10万余人，判处有期徒刑9942人，判处无期徒刑67人，判处死刑42人，判处死缓9人。另有23.8万人被开除党籍。

刘青山和张子善，一个曾是石家庄市委第一副书记，另一个曾是中共天津地委书记，无疑是新中国成立后最早被处决的两只"大老虎"。

# 3

改革开放之后，经济繁荣，鱼龙混杂，中共海丰县委书记王仲"不幸"成为新时期落马的"第一虎"。

王仲，天津蓟县（今蓟州区）人，1947年参军，同年入党，1976年2月起，历任海丰县委副书记、县委书记。王仲曾经勤勤恳恳为党工作，但在改革开放初期经济大潮的冲击下，他的人生信仰发生了迷乱。王仲最初收受的贿赂是一台17英寸黑白电视机，此后开始大量收受、索取港商的电视机、收录机、电冰箱，然后转手卖出。自1979年下半年到1981年8月，王仲侵吞缉私物资、受贿索贿的总金额达6.9万元，这在当时是一个令人难以接受的数字，从而构成了最大的贪腐案。

王仲的不法行为在海丰县造成了一系列极其严重的后果：沿海走私活动猖獗一时，一批干部被腐蚀下水，一些党的基层组织瘫痪，一些缉私人员执法犯法、监守自盗。海丰县一时成为远近闻名的私货市场，甚至有人讥讽地将海丰喻为"远东的国际市场"。

王仲案的处理受到中央纪委的极大关注。广东省汕头地区中级人民法院依照《中华人民共和国刑法》相关条款，判处王仲死刑，剥夺政治权利终身。王仲不服，提出上诉，经广东省高级人民法院终审判决，驳回上诉，维持原判，并报经最高人民法院核准。

1982年4月13日，《中共中央、国务院关于打击经济领域中严重犯罪活动的决定》指出："对严重破坏经济的罪犯，不管是什么人，不管他属于哪个单位，不论他的职务高低，都要铁面无私，执法如山，决不允许有丝毫例外，更不允许任何人袒护、说情、包庇。如有违反，无论是谁，一律要追究责任。"

1983年1月18日，走向刑场的王仲对看护人员说："你得记住，当了官千万不要贪。不属于你的东西，你就不要伸手，伸手必被捉嘛！但愿我的错误能给国内当权的、当官的敲一个警钟吧。"

…………

# 4

几多坎坷，几多苦痛，几多欣喜，中国共产党人一直在跨越，从山区到平原，从农村到城市，从战争到和平，从在野到执政，从贫穷到繁荣，从落后到超越，从经济建设到政治建设，从工业化到现代化……

但是，由于青春激情，由于缺乏经验，由于处处探索，"赶考"之途有平坦顺畅，也有曲折险峻；他们获得了惨痛教训，也收获了宝贵经验。十一届三中全会以来，改革开放，经济体制改革，中国的社会建设蓬勃发展，成功地实现了从农业国到工业国的转变，并跃升为世界第二大经济体，成绩之好，令世界惊叹，而且还是一个超好的成绩……

无论教训还是经验，都是学费，都是智慧，都是为了下一张考卷！

当今的中国，传统农民已经蜕变为现代国民，现代国民正在蜕变为现代公民。而我们的国家，正在由工业化向现代化蜕变，正准备在经济体制改革巨大成功的基础上，有步骤地、稳健地进入社会管理体制改革的深水区，从而使中华民族走上更高层次的生态文明和政治文明道路，实现富裕幸福的中国梦。

无疑，这是一张更大的历史考卷。

而现在，我们又面临着诸多尖锐而复杂的现实问题：环境恶化，官场贪腐，奢靡盛行，干群矛盾，司法不公，信仰缺失，国家治理体系和治理能力的现代化建设……

面对这一张硕大而又复杂的试卷，我们应该如何作答？

这是对执政党的考验，也是对每一个党员的考验！

我们要敢于面对，我们要勇于回答！

# 5

实际上,赶考,对于一个国家、一个政党来说,是一个永恒的课题,是一个永远的过程。而人民,只有人民,才是最广大、最权威、最公正的考官!因为他们,只有他们,才代表着最迫切的现实,最根本的利益,最长远的未来。只有老老实实、兢兢业业地交上一份份合格的答卷,才能赢得他们的热诚拥护和全力支持,从而实现真正的国家繁荣和民族振兴!

人民,是永远的江山!

群众,是永恒的考官!

毋庸置疑,在这个漫长的行程中,西柏坡是中共历史上一个极其重要的拐点。正是在这里,孕育成熟了诸多独特的经验和智慧;正是在这里,取得了诸多决定性的胜利;正是在这里,发出了响彻历史的警世恒言——"两个务必"。

历史已经证明,这是中共历史上事业最辉煌、作风最民主、全党最团结的时期,也是最具魅力、最具活力的时期!

所有这一切,都是取胜的秘籍,更是永远的财富,适用于当时,适用于现实,也适用于未来……

"两个务必",永远务必!

# 6

2013年7月11日,中共中央总书记习近平来到西柏坡。他动情地说:"西柏坡我来过多次,每次都怀着崇敬之心来,带着许多思考走。"

"当年党中央离开西柏坡时,毛泽东同志说是'进京赶考'。60多年过去了,我们取得了巨大进步,中国人民站起来了,富起来了,但我们面临的挑战和问题依然严峻复杂,应该说,党面临的'赶考'远未结束。"

"从实现'两个一百年'目标到实现中华民族伟大复兴的中国梦,我们正在征程中。'考试'仍在继续,所有领导干部和全体党员要继续把人民对我们党的'考试'、把我们党正在经受和将要经受各种考验的'考试'考好,努力交出优异的答卷。"

# 7

中国共产党"十八大"以来,从"八项规定"到中国梦,从铁腕反腐到制度反腐,尤其伴随着几个副国家级"大老虎"、数十个部级"老虎"以及数万个"苍蝇"的落马，中国共产党展现了前所未有的从严治党的决心！

正如习近平所言："不是没有掂量过。但我们认准了党的宗旨使命，认准了人民的期待。"

香港《南华早报》说："习近平在国内外赢得尊敬和影响的速度超过数十年来任何其他中国领导人，他发起的大规模反腐战役没有减弱的迹象。"

英国《卫报》报道："中国目前的反腐是中国近代历史上强度最高、范围最广的。"

俄罗斯《独立报》评论称："这场反腐行动已对社会产生了巨大影响，受到广大民众的欢迎，并取得了人民的信任。"

……

无疑，这是一次艰难的赶考，更是一张出色的考卷！

从而，赢得了人民的喝彩，赢得了世界的喝彩！

# 8

赶考，永远在进行，永远在路上。

让我们凝思西柏坡！

让我们共同去赶考!

西柏坡时期,毛泽东预测胜利的到来需要三到五年时间,结果一两年就实现了。现在,习近平预测实现中国梦的时间表是三五十年后。

但愿这一天能早早地到来,早早地到来。因为,那是整个中华民族的福祉!

相信,我们会过关的!

相信,我们会成功的!

忧焚在胸,辉煌在前!

# 参考文献

[1] 中共中央文献研究室.毛泽东年谱[M].修订本.北京:中央文献出版社,2013.

[2] 中共中央文献研究室.建国以来重要文献选编:第2册[M].北京:中央文献出版社,1995.

[3] 中共河北省委党史研究室.中共中央移驻西柏坡前后[M].北京:中央党史出版社,1998.

[4] 中央档案馆,西柏坡纪念馆.西柏坡档案[M].北京:中央档案出版社,2012.

[5] 毛泽东.毛泽东选集:第2~4卷[M].北京:人民出版社,1991.

[6] 毛泽东.毛泽东书信选集[M].北京:人民出版社,1984.

[7] 毛泽东.毛泽东著作选读[M].北京:人民出版社,1986.

[8] 邓小平.邓小平文选:第1卷[M].北京:人民出版社,1994.

[9] 习仲勋.习仲勋文选[M].北京:中央文献出版社,1995.

[10] 薄一波.若干重大决策与事件的回顾:上卷[M].北京:中共中央党校出版社,1991.

[11] 黄炎培.延安归来[M].重庆:国讯书店,1945(民国三十四年).

[12] 黄炎培.八十年来[M].北京:文史资料出版社,1982.

[13] 西柏坡纪念馆.西柏坡记忆[M].北京:中央文献出版社,2010.

[14] 西柏坡纪念馆.西柏坡纪事[M].北京:中央文献出版社,2011.

[15] 范捷,孙泓洁.中共中央在西柏坡[M].石家庄:河北美术出版社,2012.

[16] 文辉抗,叶健君.历史选择了西柏坡[M].长沙:湖南人民出版社,2004.

[17] 张志平.追寻西柏坡[M].杭州:浙江大学出版社,2011.

[18] 张军锋.见证新中国的诞生[M].南京:江苏人民出版社,2010.

[19] 高委.利剑高悬:建党以来十大腐败案件剖析[M].北京:中国方正出版社,2013.

[20] 田心铭.反腐败论[M].成都:四川教育出版社,1997.